kanai mieko

金井美恵子

軽いめまい

Kodansha Bungei bunko

目次

軽いめまい

蛇口の水

南と東に大きなヴェランダがあって、東南の角部屋が広いリヴィング・キッチンになっている部屋に決めたのは、料理が特別好きというわけでも、まして、料理の腕が自慢の種というわけでもなく、婦人雑誌のグラビアページで見てあこがれていたインテリアの写真に似ていたからで、対面式のカウンターというのは最新の傾向というか流行で、便利そうだし、何しろ、今まで住んでいた中古の2LDKのマンションは、ドアを開けるとすぐにLDKになっていて、右手にあるキッチンの流しやガス台、冷蔵庫が丸見えになって、団地やマンションで暮したことのない母親などは、いつも、玄関と勝手口が一緒でそれでなくても貧乏臭いのだから、あんた、流しやなんかはいつもきちんと片しておかなきゃ、ますます貧乏臭くなるよ、と言うのが口癖で、いくらローンが安かったからといっても、やっぱり、独立した台所があるマンションの方が主婦としては毎日のことだもの、気楽だったわよねえ、と訪ねて来るたびに、もちろん理想的にきちんと美しく清潔な状態を保っているとは言い難い流しとガス台を見ては言うのだったが、対面式カウンターのキッチンのある新しいマンションのリヴィング・ルームは、玄関のドアを開けてすぐの部屋ではなく、狭いながらも入口を入ると廊下があって、白い枠のガラスをはめ込んだドアが廊下とリヴィングを仕切っているから、訪問者にいきなり、乱雑にちらかったリヴィング・キッチン全体を見られてしまうということがないのも気に入っていて、十二畳見当のリヴィング・キッチンに六畳の和室、とキッチンに続いている三畳程の広さのユーティリティ・ルーム、畳の広さに換算すると八畳と七畳の洋室という広さは、夫婦に小学生と幼稚園の子供二人という家族構成としてはいくらか贅沢という気がしなくもなかったものの、子供たちは、中庭に、泳ぐというよりは水浴び用程度のものとはいえ子供用プールがあるのが、金持そうに見えてチョーかっこいいとすっかり気に入り、すぐに子供用プールなどあきてしまって馬鹿にすることになるのは目に見えてはいたけれど、今のところは大満足で、八畳の洋室は夫の書斎ということになっているけれど、子供たちが中学生にでもなれば、二段ベッドを入れた七畳を二人で使うという状態に不満を持って「個室」を欲しがるだろうから、そうなったら「書斎」を子供にあけ渡して、夫は三畳のユーティリティ・ルーム――洗濯機と乾燥機とランドリー・ボックスがあり、反対側の壁には通信販売で買った、白いポリエステル樹脂化粧合板の薄型壁面収納シリーズの戸棚が、壁面全体にまるであつらえたようにぴったり収まっている——を「書斎」として使うことにすればいいと話しあってはいたのだったが、実のところ、もしそうなったら、洗濯機と乾燥機と収納用家具——掃除機や掃除用品、洗剤やカンヅメやらの買い置きの食料品や、何やかや細々として形の不ぞろいなあれこれを入れておく——を、一体どこに移動させたらいいのかわからないし、それ以上に、「書斎」に押し込めてあるスチール製のと合板製の五つの本棚やデスクやパソコンや、一時は「家族の記録」を残すつもりで張切って撮っていたけれど、今ではもうあきてしまったのか、それとも視覚的分野についてもともと感性が鈍かったのか、合計してみれば十時間分にも充たなくて、おまけに人物の頭が切れてしまっていたりするヴィデオ映像が残っただけのヴィデオ・カメラや、学生時代に使っていたというエキスパンダーや、ここに越してきてから勝手に買ってしまった、値段はそう高くはなかったものの、重さが三〇キロもあって、幅が一一五センチ、奥行一六一センチ、高さ一四八センチの、「毎日続けることで変化を実感」できることになっている「十二段階負荷調節油圧シリンダーでジム並みの本格トレーニングが、好きな時間に自宅で気軽に。運動不足の解消から、ボディラインの引き締めや体力アップに」、毎日続ければ効果は充分期待できる「スーパージムDX」（台湾製）といった物をどうするのかとなると、明日にでもゴミ置き場に持っていってしまいたいという気がするが、いずれにしても、そういった事態を本気で考えなければならないのは、五、六年は先のことだったから、今からそんなことを考えて、マンションの間取り図と家具の寸法の単純といえば単純な計算のはずなのに、どこかでミスの生じる（ようやく図面の上では収まったと思うと、ドアの開け閉めの向きが部屋の外のつもりだったのに内側に入る付け方だったことを忘れていたりする）問題に頭を悩ませたりするのは損だと思ってやめることにした。

その時になったら、考えればいいんだしね、と夫に言うと、夫も、その時、その時、とソファの上でクッションを重ねて頭をのせて寝そべってテレビの画面から眼を離さずに答えるだけなので、それには少し腹が立ったものの、自分も、今、現在それが問題になっているわけではないのだから、その時になったら考えればいい、と思ったのは確かなので、あなたはいつもそうなんだから、と文句を言うのはやめておいた。

新しいマンションの新しいキッチンは、もったいなくて、なかなか使う気になれないし、揚げ物なんかをして、きれいな真新しいと言ってもいい状態になっているホーローやベージュの木目で統一されているシステム・キッチンを汚す気になどなれないので、主婦として母親としていくらか気がとがめなくもないけれど、やはりあまりキッチンを汚すような料理は作りたくないのだ。

天ぷらなんか家で揚げたところで、と、だから夫には言ってやる。たとえ研究して上手に揚げられたとしてもよ、専門店で専門家の揚げる天ぷらにかなうわけないじゃない？だって、あたしは単なる普通のありふれた、全然食通なんかじゃないし、料理が特別好きな母親がいるというわけでもない家庭で育って、普通の主婦をやってるんだし、天ぷら屋じゃあないし、仮りに上手に揚げられたとしてもさ、ミミッチイじゃないの、あなたがお友達とか同僚に、いやあ、うちの奴の揚げる天ぷらはなかなかのもんでねえなんて、馬鹿みたいに自慢したりするのって、みっともない。

そうすると夫は、実感があると見えて大きく頷き、そう言えば、奥さんの手料理を自慢する男というのは、いかにも気弱そうな性格《タイプ》で、若い時はヒョロヒョロにやせてたのに、中年以後ブヨブヨの水豚みたいに脂肪ばっかりついて、裸になると、そうでなくてももともと短小気味のペニスが余計小ぶりに見えてしまう、というのが多いような気がする、などと言って、それが本当なのかどうかはともかく、自分の奥さんの料理が上手だということを自慢するということはだね、考えてみれば口唇期的に妻に支配されているということになるのであって、妻との関係を母子関係にしてしまうという、典型的な日本の男のあれだね、と、うなずいて納得する。子供たちは、電子レンジであたためた出来あいのスーパーマーケットで買ったカツや天ぷらでも文句を言わず、それはもちろん、そういう物とちゃんと自分で作った料理とではおよそ食べ方が違うから、子供にも微妙な味覚というか、うまいまずいの判断はきちんとあることはわかっていて、そのあたりのことを子供が判断できるような食事をとりあえず与えていれば、多少の手抜きはあったっていいのだし、それに揚げ物料理は、どうしたって油の摂取量が多くなって、油の味というのは、慣れてしまうと、使われていないと料理を食べても物足りないような感じがするようになるから、煙草やアルコールや薬物と同じように、一種の中毒なのだと、雑誌のダイエット記事で読んだことがあって、夫には当然健康のためにヘルシーな食生活が必要だし、子供にもむろん、油の摂りすぎは将来のためによくないのだから、揚げ物料理はしないのだ、という説明と、それなのに、スーパーマーケットや肉屋で買って来るトンカツやコロッケや天ぷらやトリの唐揚げが時々食卓に登場することの矛盾を、子供たちも夫も衝いたりはしない。

渋谷からバスで三十分ということになっているけれど、道路の混み具合では当然もっと時間がかかるし、新宿から小田急線で千歳船橋、千歳船橋の駅前からバスに乗って「農大前」で下車、そこからさらに歩いて四、五分という場所で、農大のキャンパスや馬事公苑が近いのが子供たちにとって良い環境だろうというのと、むろん価格が安かったのと、いずれはそこを売って、もしかすれば目白の夏実の両親のところに家を建てるということになるかもしれないにしても、同じ東京とは言え少し変った場所に住んでみたいという気持もあって買った今度のマンションも、築七年だから新しいと言えるかどうかはともかく、金繰りに困って急に売り出したものらしく、中古には違いないのだが、前の持主は、いずれマンションを売ることになると思っていたのか、それとも綺麗好きで掃除が好きなタイプだったのか、ほとんど傷んだところや汚れたところがなかった。人工大理石を張ったシステム・キッチンも電子レンジ機能の付いている大型オーヴンも、もちろんそのままの状態で使えたから、改装は、六畳の和室をフローリングにして、押入れをクローゼットに変え、七畳の洋室の壁紙がフランス製か何かなのだろうが、淡いクリーム地にピンクと水色とオレンジと茶色の、ロココ調というのか何調というのか、正確な様式《スタイル》名はわからないけれど大仰にロマンチックというかクラシックな花柄で、天井にはそれに合わせたつもりなのだろう、クリスタルガラスの涙型にカットした飾りが全部で十二個ぶらさがっている磨りガラスにカット模様の入ったシャンデリアまがいの照明器具がついていて、女の子だったら、お姫様のお部屋みたいだって喜ぶかもしれないけれど、これはいかになんでも男の子の部屋にはヘンだ、と夫が言い、女の子だったとしてもあたしは子供をこういう悪趣味で頭の悪そうな部屋に住まわせたくない、というやりとりがあって、そこをすっきりしたた生地の壁紙と蛍光灯に替え、床のローズピンクのカーペットも、むろん、フローリングに張り替えたりして、転校するのをいやがっていた上の子も、学年のかわり目に合わせて四月の新学年から新しい学校に変ったので、そう問題もなく、はじめて幼稚園に通うようになった下の子はすぐに慣れて、一年が過ぎ、まずは万事が快調といったはずなのだが、床を――ことに子供部屋の――フローリングにしたのは、掃除も楽だし、家ダニが繁殖しやすいというカーペットに比べてずっと清潔だし、それにそれが流行なのだから、当然それを選ぶのに決っているわけだったが、ちょっと失敗だったと思うのは、フローリングの床の音が下に響きやすいということで、真下の階の奥さん――引っ越してきた時に隣と下と上の部屋に、クッキーなんかより年齢を問わないで誰の口にも合うという母親の意見をきいて、箱代を入れて千円（消費税別）のあられ（ピーナッツ入りの揚げあられと品川巻きと普通のあられの三袋入り）を持って挨拶に行ったので顔を知っている――にゴミ置場であうと、お宅はぼっちゃんお二人だったわね、とっても元気がよろしいのねえ、最近の子は塾だのなんだのって勉強ばっかりで、遊びといえばテレビゲームばかりで体を動かさないっていうけど、部屋にいたって、体を動かさないなんてこと、ないみたいですもの、と、音が響いてうるさいということについての嫌味を言われて、恐縮して謝ったのだったが、ひどく気になって、そんなに子供たちがドタバタ騒ぎまわるとは思えないのに、それでも音が下に響いているのだとしたら、建物自体に問題があるのかもしれない――下の階との間の床と天井の部分が薄すぎるのではないか――という気もして、間違った買物をしてしまったような嫌な気持になるし、カーペットの方がフローリングより音を吸収するはずだから、そっちの方がよかったかもしれない、と夫に言うと、その奥さんは年は幾つくらいの人か、と訊くので、うーん、そうねえ、四十七、八から六十五というところかなあ、と曖昧に答えると、夫は、ある人物の年齢について推察する場合、五十前後という言い方ならわかるけれど、四十七、八から六十五という間の取り方はおかしい、と言うのだった。どうして変かと言えば、二十年近く年齢の幅をとるのは、身元不明の死体なんかに使われる言い方で、今朝の新聞にも、身長一五八センチ程、髪は長く茶色に染め、パーマ、ピンクのセーターにベージュの高級仕立てのタイトスカート、ベージュと焦茶のコンビネーションの高級皮サンダル、耳に金のピアス、着衣などから高収入の二十代から四十代の女性とみられる、という記事が載っていたけれど、そういう場合に使われるのであって、実際に生きていて口をきいたこともある人が、四十七、八から六十五くらい、というのは、おかしいのじゃないか。

あなたは下の奥さんを見てないから、そういうことを言うので、実際に見れば誰だって、あたしみたいに言うわよ、五十歳前後に見えれば、そう言うのに決ってるじゃないの、ようするに、年齢不詳というか詐称というか、変な人なんだから、と話が逸れてしまったので、それにしたって、上の階の音というのは、まったく聞えないとは言わないけれど、人が生活していれば当然たてないわけにはいかない、夜中のトイレを流す水音や、建物全体に複雑に入り組んで通っている水道管や排水管から響いてくるチョロチョロともザアザアとも聞える水の流れる音や、ヴェランダに置かれた八年たって古くなっているはずのガス湯沸器の室外機のバーナーが燃える怪獣のうなり声みたいだと子供たちの言う音や、スリッパをひきずって歩く音や乱暴に開けたてするドアの音などが時々聞えてくるという程度で、子供の年齢がこの上では高校生の男の子と女の子で、家はまだ小さいから、何かの拍子にとっくみあいのケンカもするし、まあ、ふざけて跳びはねるようなこともあったかもしれないけれど、その違いがあるにしても、そんなに家でたてる音が嫌味を言われるほど下に響くだろうか、と言うと、夫は、だから、下の奥さんの年齢を訊いたのだ、ほら、更年期の女は、そういうことにヒステリックな反応をするっていうじゃないか、まあ、なんだよ、顔をあわせたら、おやかましくて申し訳ありません、とかなんとか挨拶しておけばいいんじゃないの？　と、そういうことは当然一日中家にいるきみの役目だという調子で言うのだった。

それから、朝食の汚れた食器を洗おうとして、ホーローのシンクの前に立ち、白いプラスチックの洗いおけに入ったバターとサラダの油を浮べた水のなかの食器を取りあげ、洗剤で洗ってから、流しっぱなしの水道の水で洗剤の泡を流していると、手は食器を持ったまま、じっと水の流れるのを見つめている自分に気がつく。窓から差し込む午前中の光が蛇口から流れる水の紐をきらきらきらめかせ、シンクで飛沫をはねちらかせながら、排水口に吸い込まれ、水は休みなく流れつづけ、騒々しいというほどではないのだけれども、水道管の中を通る水と空気が管に響くような微かな反響をたて、プラスチックの洗いおけの縁からあふれて、小さなチョロチョロという軽い音をたてつづける。

どうっていうこともないんだけど、そういうことって、ない？　ああ、あなたは食器なんか洗うこと、あんまりないから、たとえば歯をみがいていたりする時でも、水道の水が勢い良く流れているのをじっと眺めてるのに気がつくってこと、ない？　なんだか、そうやってると、気持がいいのね、どうってこともないんだけど、ぼんやりして夢見心地になってる、何を夢見てるわけでもないんだけど……、あっ、水の無駄づかいだって、我にかえるのよ、男にはわかんないわね、とくに家事なんか滅多にやらない人にはさ、と、夏実は夫に言い、夫は、いくらか小うるさそうに、いく分心配そうに眉をあげ、何を言いたいのだ？　という顔付をして、むろん、そういう表情にはすっかり慣れているのだが、何か別の不満を訴えるために言っているのでもない、ちょっとした感覚――水道の水を眺めながら何を考えるのでもなく、ぼうっと放心する心地良さと虚しさ――を説明しようとすると、煙たそうな顔をする夫に軽い苛立ちを持たないわけでもないのだ。

洗い物があるわけでもないし、やかんに水をくむわけでも、顔や手を洗う必要があるわけでもないのに、水道の蛇口をひねり、そこから勢い良く、光線の具合ではキラキラと輝きながらうねる透明な紐の束のように、というか、蛇のようにそれは見え、だから蛇のような水の紐が流れ落ちるから、蛇口というのかもしれない、とも思うのだが、とにかく何の不思議もなく水が流れおちる――そう、まったく何の不思議もなく、当然のことのように――のを、ただ何となく眺めていると、なんとなく放心してしまう。

隣の女

中年ぶとりと言えば、夫だってかなり以前から充分にその徴候はあらわれていて、言うまでもなく運動不足で、それでも学生時代はテニスを多少やっていたこともあるというのだが、テニスをしている姿を見たこともなかったし、運動不足解消のために通信販売のカタログを見て買った「スーパージムDX」だって、三日くらいは続いたかしらねえ、それでも、とからかうと、三ヵ月はやったよ、きつかったけど、とむきになりはするものの、やっていないことに変りはなかったし、だから、全然知らない他人の夫の体型をとやかく言うのもなんなのだけれども、少しすずしくなりはじめた頃だったから、九月の末頃だったろうか、土曜日の午後、買物の帰りに見た中年男のジョギング姿を見た時はぞっとしたほど気味が悪くうんざりした気持で、まあ、その男にしたって、普通の通勤用のスーツや、そうでなくても、このあたりの中年のサラリーマンたちが誰でも休日に着ている、値段もデザインも奇妙に似かよったかに見えるワンポイントのマークの付いたカーディガンとシャツとノーベルトのスラックスという姿をしていれば、よく見かける中年の中間管理職の一人で、別にどうってこともないのだ。

背丈は中背、ということに、本人としてはしておきたいところだろうけど、夏実の見たところは、一六四センチ、という見当で、同じように、本人は多少は太っているとは思っているものの、自分が肥満とかデブだとは決して認めていないで、会社の健康診断の結果、体重を落したほうがいいだろうと言われて、はじめて自分は小肥り以上なのだと認めざるを得なくなったというたぐいの中年男によくいるタイプなんだろうな、と思う。

ジョギングパンツにランニングシャツから出ているというか、はみ出している、腕や太股やおなかや背中についた贅肉が、白い型からぬいたばかりのブラマンジェのようにプルプル震え、おまけに、毛深いたちらしく、言うまでもなく筋肉のかげさえ見あたらない腕や脚は毛に覆われていて、ゆっくり前後に動かす腕の付け根からは、わき毛がはみ出している、というあり様で、スーパーマーケットで帰りがけに一緒になって、お喋りをしながら歩いてきた同じマンションに住んでいる奥さんは、御精が出るわね、あの人、三階の奥野さんの御主人でしょう、たしか、どっか、民放のテレビ局へおつとめだって聞いたことあるけど、ああ、カバを漂白したみたいになったんじゃあ、ジョギングだけじゃ効果ないわね、と言い、夏実は「カバを漂白したみたい」という表現がいかにもぴったりだったし、なんとなく気がきいておかしかったのでクスクス笑い、奥さんは、あら、言いすぎたかな、と舌を出して若い娘のように笑い、ちょっと家でお茶でも飲んでいきません？　あたし、ここに引っ越してきてまだ二ヵ月にもならないでしょう、あんまり知りあいの方もいなくてさみしいの、と言い、さみしいというのは、別に、ひっそりと一人で心細いとか物悲しい思いをしているというわけではなく、暇を持てあまして退屈しているという意味なのだろうと思ったし、同じマンションでも間取りのタイプは違うかもしれないけれど、他所《よそ》の人がどういう具合のインテリアをしつらえて暮しているのか、とても興味があったから、お邪魔じゃなければ、いいの？　うかがっても、と愛想良く答え、相手が、もちろんよ、どうぞどうぞ、と笑うので、あんまり知りあいもいなくてさみしいと言う割には、結構、奥野さんの御主人の勤め先のことまで知っているのだから、人なつこい性格の人なのだろう、と思い、まだ片づけも全部済んでなくて豚小屋みたいになってるのよ、という四階の部屋に寄って、アイスクリームと紅茶を御馳走になり、三十二歳で子供はいなくて、夫はコンピューター関係の仕事で、自分は今は何も仕事を持っていないけれど、こないだまではカルチュアセンターのシナリオの講座に通っていた（小説の講座にも通ったのだが、小説にはいろいろな描写が必要だと講師の先生がくどく言い、そういう物がなくて台詞のやりとりだけで話の進行するシナリオの方が自分には向いている)、という話や、どうして、このマンションに越してきたか、という話を聞くことになった。

　ドアの横の壁面に取り付けてあるステンレスとプラスチック板で出来た横長のサイズの表札には、４０４と書いてあり、水道の使用者番号とNHKのBS受信のマークが張ってあり、間に紙をはさみ込めるようになっている透明プラスチック板にワープロでプリントしたゴシック体の横書きで、朝倉勇、恵、と二行に分けて書かれたはがき大の紙がはさまれていたので、同じマンションの別の階の「奥さん」は、朝倉恵さんということがわかり、間取りは、隣室の六〇五の田辺さんの奥さんが教えてくれたA、B、C、D、E、Fの6タイプのうちの、Bタイプの2LDKで、マンション全体の中で一番多いタイプだということもわかって、田辺さんの奥さんは、六つのタイプに分けられている一戸あたりの専有面積——2LDKとか3LDKと言わずに、へーべー、と言うのだったが——によって、まるで何かがわかるとでもいったような口調で説明し、Bタイプと1LDKのAタイプは三階と四階に集中していて、DとEというのは3LDKでユーティリティ・ルーム付きの間取りは同じなのだけれど、ヴェランダの広さが角部屋のせいで専有面積に違いがあり、当然、分譲価格にその違いは反映しているということを、暗にというよりはっきりと主張したいのだろう、と夏実は勘づいたのだったが、田辺さんの六〇五号室が、Fタイプの３ＬＤＫユーティリティ・ルーム付きの角部屋の、このマンションの中での一等地にあたるということを、うらやましがってやらなければいけないのだ、ということを朝倉さんは教えてくれたのだった。

だって、そうなのよ、そういう人って、案外多いんだから、と、少し茶色に染めたゆるやかなロングのウェーヴィヘアで黒いボストンスタイルの眼鏡をかけ、グレーの胸のあいたＴシャツ――身体にぴったりはりついている感じの――に大豆色のゆったり目のコットンパンツに京都の一澤帆布製のオリーヴグリーンのトートバッグを持って茶色の皮の少しヒールのあるサンダルでストッキングをはいているという朝倉さんの格好は、なんとなくどこかチグハグな気がしたけれど、２ＬＤＫの部屋は、本人が、まるで豚小屋などというのはいかにも嫌味なほどにきちんと片づいていて、どこが豚小屋なのかと言えば、おそらく、太いステンレスパイプの脚のイタリア風モダンデザインのダイニングセット（薄いベージュの木の天板のテーブルとベージュの皮張りの軽いパイプの脚の椅子）のテーブルの上に、ジノリのフルーツ柄のティーカップとガラスの砂糖入れと吸い殻が溜ったメキシコの民芸品風の灰皿と新聞が置いてあり、椅子の背に緑色の木綿のレース編みのカーディガンがかけてあって、窓際に置かれたベージュの皮製のソファとティーテーブルのセットの上に、ハンドバッグと雑誌が何冊か置いてある、ということらしいのだが――それと、ティーテーブルの上のシンプルな丈長のガラスのフラワーベースに生けられた緑色の細長いセロリのような茎の先きに白い巻き貝のような形をしたカラーの花弁の縁が、茶色く枯れかけていることも含まれるのだろうか――散らかっているというよりは、閑散として生活臭の感じられないマンションのショールームのような印象だと夏実は思ったのだったが、家なんか男の子が二人いるから、なんだか訳のわからないくらい、もう散らかりっぱなしで、素敵よねえ、ほんとに住む人によって、全然変った印象になるのねえ、LDKの間取りは家と一部屋多い部分を除けば同じなのに、と言い、そういった思ってもいないことを、さも本当のことのようにと言うか、思ってもいないことを口にしていることが相手にわかったとしても動じたりはしない平然さで月並みなお愛想が言えるようになって、十年はたったかなあ、と、ふと思ったりしたのだが、ジノリのカップでアールグレイ――この紅茶の香料はどうも好きになれない――を飲み、カットグラスのフルーツ皿に盛られたスーパーマーケットで買って来たばかりのハーゲンダッツのチョコレートクッキー入りアイスクリーム――やけに甘くてネチョネチョしていて悪く口に残る味――を食べながら、見方によっては、と言うか、ある種のタイプの男にとっては、美人ということになるのかもしれない朝倉さんは、銀色の四角ばって凹みの部分が平ら気味のアイスクリーム用スプーン――柄の先きに派手な桃色地に「31」という数字が浮き出ている丸い飾りが付いたデザインで、サーティワン・アイスクリームのおまけなのだろう——を指に持って、弄ぶようにクルクル回しながら、ぽつりぽつりと語るのだった。

前に住んでたマンションは、少し狭かったけど南青山で場所は良かったし、とても気に入っていたのだけれど、去年のこと、十八世帯ほどの小ぢんまりした青山のマンションに、学生時代に二年程つきあっていて、なんというか、お互いの若さゆえの未経験と無分別のせいでケンカ別れをしてしまった昔の彼が、妻子と引っ越してきて、思わぬ再会となり、そのことがわかった時、もちろん、二人とも冷静にはしていたのだけど、お互いの夫や妻に、お互いを昔の知りあいだというさり気ない嘘をつけなかったところを考えれば、昔のことをあたしたちとても意識してたのね、それに、彼はすごく大人になって落着いていて見ちがえるようだったのね、というようなことを語り、隣の部屋から、古びて縁の部分に錆びが少し浮いているカミナリおこしの平らなカンを持ってきて、その中にごちゃごちゃ入っている封筒や絵はがきや手帖や何かの切り抜き、説明書といったものの中から、サーヴィスサイズのカラー写真を取り出し、どこかの海の観光船の甲板で撮ったらしい肩を組んで左手と右手でVサインを出して笑っているペアで色違いの水色とピンクのポロシャツを着た若い男女のバスト・ショットのスナップ写真を見せて、これが彼なのだ、と言い、次の一枚は海辺のホテルのテラスに水色のバスローブ姿で並んでいて、次の写真はバスローブ姿の朝倉さんが一人でベッドに横になっているもの、四枚目はテニスコートでテニスウエアを着た二人のロングで、ショートパンツ姿だと若い男がO脚で短い脚だということがよくわかるのだが、写真はどうやら自動シャッターで撮ったのだろう、と夏実は思い、へえーっ、優しそうな人なのね、それに、あなた、全然変ってないのね、と感想を述べ、朝倉さんは、この時は彼、優しかったんだけど、と遠くを見る目付になり、二人の仲は復活し、渋谷のホテルでデートをするようになり、このままでは、二人とも、もうどうしようもなくなるってとこまで来てたの、それで、あたし、夫も愛してはいるし、お互いの生活もこわしたくなかったし、このままではあたしたち破滅する、と思って、結局、どこか別のところへ越すのが一番いいと思ったのね、と言って、溜息をつき、ごめんなさいね、いきなりこんな打ち明け話をしたりして、頭がおかしいんじゃないかって、思ったんじゃない、と言うので、夏実は、ちょっと驚きはしたけれどと曖昧に笑い、あっ、もうこんな時間、帰って夕飯を作らなきゃあ、と叫び、そんなことって、あるのねえ、と、マカロニグラタンと野菜サラダの夕食を食べた後で、その話を夫にすると、夫は馬鹿にしたように鼻先で笑い、週刊誌でポルノ作家が書いてるのを読んだことがあるけど、と言った。団地の主婦たちに、どういう形での不倫というか恋愛が望ましいか、というアンケート調査をしたっていうんだな、そしたら、学生時代のボーイフレンドが近所に越してきて再会し、昔の恋が再燃してホテルへ行くことになる、というのが圧倒的に多かったそうだよ。でも、だから、彼女の場合はそれが現実になっちゃったんじゃないの？　望んでいたことがおこったたってわけよ。馬鹿だなあ、本当のことだって思ってるの？　だって、涙ぐんでたわよ。作り話だよ、作り話。そういうことがあったらなあっていう願望だよ、でなければ、頭がおかしいんじゃないの、その奥さんと、取りあわず、そう言われてみれば、そうかもしれないような気がしなくもなかったが、それよりわからない、と思ったのは〝昔のボーイフレンド〟なんてものが、まあそれ以外に男を具体的に知らないにしても、ポルノ的想像の恋愛の中になんで登場しなければならないのかということで、どう考えても昔のボーイフレンドがたとえポルノ的な空想にしても――ふん、整形美容でもしたってのならともかく――あの頃よりいい男になっているなどとは思えなかったから、そんなことはまったく問題外だという気がした。

奥野さんの御主人は土曜の午後には馬事公苑でジョギングを続けているらしいけれど、それで体型に変化があったわけではなく、ハアハア荒い息をしながらマンションの植え込みの横の道でクールダウンのストレッチ運動をしている姿を見かけると、朝倉さんはあいかわらずクスクス笑い、また遊びにいらしてよ、と夏実を誘うのだが、今度はどんな話をきかされるのかと思うと、面倒臭いし、うんざりするような気もして誘いにのる気になれず、エレヴェーターの前で、あたしは運動不足解消のために階段で行くから、と言って、そこで別れてしまうことにしているのだが、カルチュアセンターのシナリオ教室に通っていたと言ってもいたし、あの朝倉さんの話は、出来は全然いいとは思えないけれど――なにしろ、夫のような者にまで、作り話と見抜かれてしまうくらい陳腐なわけなので――書こうと思っているか、もう書いたシナリオの出来具合に対する、ごくありふれた一般的主婦の反応を確かめるために話してみたのかもしれないと気がついて、高校の時の仲間で久しぶり（桃子ちゃんのおとうさんのお葬式の後で、あの子を除いてみんなで御飯を食べて以来だから三年ぶり、桃子ちゃんも一緒だったのは、それよりずっと前になるよね）に会わないかという用事で電話をしてきた設計事務所に勤めているせっちゃんにその話をすると、絶対そう思うな、あたし、と断言してから、でもねえ、と間を置き、トリュフォーの『隣の女』という映画、あんた知らないだろうけど、と、いつものように人を無知扱いして、筋は、そのマンションの女の人が話していたのとまったく同じで、ジェラール・ドパルデューとファニー・アルダンが共演した馬鹿みたいな映画なのだけれど、と言うので、あっ、そう言えば、それ、テレビで見たことがあるような気がする、下の子が生れたばっかりの時だったかして、疲れて疲れて途中で眠っちゃったんだと思うよ、二人が心中しちゃうんだったよね、と思い出しながら答えると、せっちゃんはそれには答えず、テレビでその映画を放映しているのを、出張先のホテルでツインの部屋に泊ることになった事務所のやり手でバリバリの先輩（既婚女性）と、冷蔵庫に入っているジャックダニエルのポケット壜で作った水割り――彼女が作ると、水割りというよりオンザロックに近いんだよね、凄く濃いの――を飲みながら見ていたところ、こちらはすっかり退屈したのとアルコールと出張の疲れ――いけすかない市役所のオヤジたちと打ち合わせがあったからね――で、うとうと眠りかけていたのだったけれど、はっと眼がさめたら、昼間はオヤジたちとはりきってやりあっていた彼女が、さめざめと言うか嗚咽と言うか、どっちにしても声を殺すようにして泣いていて、ぎょっとしてしまった、コマーシャルが入るとリモコンで音を消し、鼻のつまった声で、ああ、なんだか身につまされちゃったのよねえ、としみじみと言ったことがあるのを思い出した、すっかり忘れていたけれど、あの夜はあたしとしても凄くショックを受けて、でも、翌朝、彼女があんまりケロッとして、さあ今日も忙しいよ、ボヤボヤしてないで、とマッチョにはっぱをかけるものだから、こちらとしては狐につつまれたようで――つままれた、と夏実が訂正するのは無視して――あれはもしかすると、無意識――というのは、マッチョな彼女も実はやっぱり女性で、実はこのあたしもそうなんだっていうこと——を反映した悪夢だったのかもしれないとまで思ってしまったのだけれど、実はそうではなくて、まさしく、あの映画と同じようなことがあったのかもしれない、とすれば、その、ロングのウェーヴィヘアで眼鏡をかけた彼女の話だって、本当のことかもしれない、だいたい髪の毛をロングのウェーヴにしてるくせに、ボストン型の黒い縁の眼鏡をかけるというのは、あたしに言わせれば、色情狂タイプだと思うしね、と言うのだった。

せっちゃんの事務所の女性建築家が、もし仮りにそうだったからと言って、だから、と夏実はアクセントを強め、朝倉さんの話も本当のことだって、どうして言えるのよ、あんたって、このての恋愛方面のことについて凄く乱暴なこと言うのよね、と答えると、せっちゃんは、だからさあ、いまだに男も出来ないわけよ、と鼻先で笑うので、それにロングのパーマで黒縁眼鏡がどうして色情狂なのか、と訊くと、パーマでウェーヴを入れて長く垂らした髪型は、ストレートのロングよりも、一層人工的な女性性を強調しているわけで、そうしておきながら、黒い縁のボストン型の眼鏡という縁をことさら強調することで、眼鏡の特性である男性性と知性を際立たせながら誘いながら拒否する、ということを表わしているわけで、自分は女性的でエロティックな存在なのだけれど、同時に知的だってことを表現したいわけだよ、そういうのが色情狂の特徴なんだよ、と勝手に決めつけ、眼鏡を外すと、ギスギスしたオールドミスタイプの女が、あっと驚くようなエロティックな美人という表徴は、ハリウッド映画から少女マンガからTVコマーシャルにいたるまで、いっくらでもあるんだから、と幾つかの例をあげ、それから、ちょっと二人は沈黙し、喋り疲れたせっちゃんが煙草に火を点けたらしくライターのジャリッという音がし、夏実は、そういえば、あんた桑原甲子雄っていうカメラマン知ってた？　と思いついて訊くと、当然だよ、といった調子の鼻息が返ってきたので、あわてて、あたしは知らなかったんだけどねと言い足し、去年、両親に誘われてさ、世田谷美術館で展覧会をやってて、すぐ近くのはずだから一緒に行こうって、見に行ったのよ、両親とも下町育ち――父は日本橋で、母は上野なんだよね――だったから、懐しがって大変だったんだけど、あたしもあの写真とても好きだったと言い、考えてみれば、用事もなくて子供連れでもなくて外で食事するのって、あの時以来だよ、うへえっ、我ながら情無いなあ、と言ったのだったが、本当はそのことを言いたかったわけではなく、ずっと昔の東京の街やその中で歩いたり、たたずんだりしながら、写真に撮られているということさえ気づかずに、あそこに写っているあの人たちの、あそこにいたあの瞬間のことを考えると、なんとも不思議な気持になって、頭がぼうっとしてしまったし、勉強塾の帰りなのかなんなのか、バスの後部座席に座って、疲れたように放心している小学生の写真みてたら、なんだか子供たちがかあいそうでぞっとした、という話をすると、うん、うん、と返事をしながら話をきいていたせっちゃんは、大学時代に夏実も、少しは読んだことのある小説家の名前を言い、その写真展のことについて書いているエッセイが面白かったから今度会う時にコピイしたのをもって行ってあげる、この人は目白のあんたの実家の近所に住んでるはずだよ、と言うので、知らなかった、と答えると馬鹿にされるだろうと思って、なんだかそうらしいわねえ、と言っておいた。

抜け毛

六月の父の日に、長野の夫の父親と目白の実家の父に、ランズエンドの通信販売で五千八百円のコットンフランネルシャツ——実家の父親には赤と焦茶色とベージュとオレンジの格子柄の、色名が「ブリックレッド」で、長野の父親にはインディゴブルーの濃淡とグレーと白が太さの違う縦縞になっている「スティールブルー」——を贈り、申込書の書き間違いなのか向うの手違いだったのか、予定とは違う色のシャツが——目白に「スティールブルー」、長野の方へ「ブリックレッド」——とどけられることになってしまったのだが、父親たちはそれぞれ、ちょっと派手かなと思ったけれども、綿ネルは、パジャマか若い人専用のシャツかと思ってたけど、これは材質《もの》もいいし柔らかくて着心地が良く、梅雨の薄ら寒い日にぴったりだ、と言い、長野の義父などは、義母の話によると、子供の頃、もう木綿が自由に手に入りにくくなっていた頃、東京銀行のロサンジェルス支店だかサンい、フランシスコ支店にいた伯父が、アメリカ製のピュア・コムドコットン100％の上等な純綿のネルを、何ヤールも何ヤールも、生地屋の店にあるような真ン中に細長い木の板を入れて何重にも巻いた状態のような生地を送ってくれたことがあって、それが、丁度こんなふうの厚手で薄い赤っぽい格子で、母さんが家族みんなの寝巻をそれで拵《こしら》えたのだけれど、赤くて女みたいだからいやだとわがままを言って着なかったので、自分の分は従妹にやることになってしまい、兄弟や姉妹がみんな暖かそうな寝巻を着ているのに、おれだけが毛のすり切れた綿ネルの弁慶格子の寝巻を着て寒い思いをしたのを思い出した、そういえば、女中の梅も生地をもらって前かけと腰巻きを拵えていた、という話をしたりもしてなんだか感傷的になって、すっかりしんみりしてたわよ、というので、書き間違えたのか手違いだったのか、どっちにしても結果としては、とても良い贈り物ということになり、そのお礼を伝える電話で、義母は、信ちゃんは三年生で、もうすっかりお兄ちゃんだし、実ちゃんだって幼稚園の年長組になったのだから、ママがいなくても二人でおばあちゃんとおじいちゃんの家に泊りにこられるのではないだろうか、こっちはもう何日だって、夏休み中いたってかまわないけど、お家が恋しくなったら帰ることにして、どうだろうか、夏休みに二人を長野に寄こしてみては、と招待というか提案をした。

夫にその話をすると、今まで兄貴のとこの子供たちが夏休みにあっちに行ってたんだけど、今年は謙介くんが来年受験だからって、水枝さんが行かせないことに決めたんだろう、それで、おふくろはさみしいんだよ、行かせてやるの、いいんじゃない？ きみだって息抜きができるし、ぼくの生れた家で子供たちが夏休みを過すのはとてもいいことだよ、と、まるで自分の育ったちょっとした地方都市の郊外という環境が小さい少年にとって最高の場所であるかのように、満足そうにうなずき、きみだって、婚約した夏にはじめて家に来た時、と口にしてから、いや違うね、行った時と言う方が正しいね、と訂正し、すごくいい所だって感激してたじゃない、空気も水もおいしいって、と言うし、お正月と夏休みに何度か長野に行ったことのある子供たちは、あそこには海がないのが、ちょっと問題だけど、行く行くと大喜びで、それというのも、何かというと低い鼻を高くして勉強が出来るぶる眼鏡をかけた学年の割にはチビの謙介がいないというのが最高だったし、長野の祖父母は大甘で、ちょっとお手伝いなりお使いをすると、お駄賃といって百円か五百円をくれるから滞在中すぐにお金が貯るし、食べやすい大きさに切ったイチゴにはママと違ってケチじゃないから、ミルクではなく泡立てた生クリームをかけてくれるし、生クリームを泡立てる時には、泡立て器で八分通りほど掻き立てた生クリームの最後の仕上げ——液状のクリームが掻き立てるうちに徐々に空気と混って濃度を増し、何掻きかでふわりと柔らかくなめらかな真っ白な泡のかたまりになる、凄くわくわくおもしろい瞬間なのだが、最初から全部やると腕がダルくなるので、ここだけ子供たちは手伝いたがるのだ――を手伝わせたうえに百円くれるし、ドライヴに行っても釣りに行っても、おじいちゃんは、パパみたいに疲れた疲れたと連発しないから断然いいね、という理由があるからで、目白じゃあ、近すぎてよお、夏休みに泊りがけで行くところじゃないぜ、おもしろくねえよなあ、と、お兄ちゃんは上級生の男子生徒の口調を真似て言い、弟は、それを真似て、ねえよなあ、なあ、とはしゃいで、それでも夏実は、お兄ちゃんが、ぼくたち、おじいちゃんとおばあちゃんに何かお土産を持っていかないといけないね、ママが用意するのとは別にだぜ、年寄りの好みはむつかしいからな、なんか考えとかなきゃなあ、と分別くさく言ってる声が、入浴剤のレモンの匂いと湯気に混って風呂場から聞えてきたので、それに笑いながら、なかなかいい子たちじゃないの、とちょっと嬉しく自慢で、七月九日の夏実の誕生日には、母の日にカーネーションの鉢植えに二人がそれぞれ収入におうじて、千八百円と千二百円で三千円（チョー高い！）も使ってしまったし、六月には父の日と誕生日を兼ねたプレゼントに、お兄ちゃんはスーパーマーケットでリボンをかけてもらってリボンと箱代こみで六百二十円のハンカチ、弟は幼稚園で描いたパパのかおの絵と百円のボールペン二本（青と黒で、夏実が包装紙に包んでリボンをかけてやった）と出費が続いたのと、長野の祖父母のお土産があるのでこれでガマンしてと言って、手作りカード（雑誌からバラの写真を切り抜いてはったもの）だけだったのも、なんとも愛おしく鼻が高く、そうこうしているうちに、あっという間に夏休みに入って長野へ行く日も決り、信越線の切符も夫が研究所の帰りに買って来た。

パジャマや着がえと宿題帖と家からの手土産といったものは宅配便で送ることとして、二人はリュックとステンレス製のかっこいい水筒という軽装で二人だけで出発することになり、上の子は、バスで渋谷まで行き、渋谷駅から山手線で上野で降りて、信越線の乗り場という乗り換えの順序を小型のノートにきちんと番号をつけて書き込み、父親が時刻表で調べてくれた信越線のホームの番号と列車の号数、座席番号、発車時間も書き込み、さらに、自分と弟の名前と年齢と学校名と幼稚園名、家の住所と電話番号、父親と母親の名前を書き、血液型も書いておくべきなんだけれど、それはわからないから書きようがない、でも、これで万一の場合に身許がわかるからね、と満足そうに言い、上野の信越線のホームまで一緒に行ってやろうか、それに切符は払い戻しをしてもらえばいいんだから、パパのお休みの日に車で一緒に行ったっていいんだよ、と夏実が言うと、子供たちは、いいよ、いいよ、と口をそろえて、自分たちだけで行けるよ、と言うのだったが、下の方の子は、さすがに、母親が上野駅まで行ってやるか、パパが車で連れて行ってくれる、という言葉にほっとしてすがりつくような目をしたものの、お兄ちゃんが、おれたちだけで大丈夫に決ってるじゃん、上野駅に行くんがこわくて東京で小学生はやってられないよ、と口をとがらせて強く言い張るものだから、母親に向けたほっとした目付が心配そうに、ちらっとお兄ちゃんの方を盗み見てから、それでもことさら元気の良さそうな声で、そうだよ、だいじょぶ、と言ったものの、もじもじと母親の身体にしなだれかかるようにして背中を押しつけ、前にも行ったことあるよね、ママもパパも一緒だったから迷い子にならなかったけど、おにいちゃん、行き方おぼえてるんだよね、と不安そうに念を押した。

その日から夫も北海道に出張で、子供たちが出た後で、いつものように、じゃあ、のひとことで出かけようとしてから、そうか、一人きりになってさみしかない？　と笑いながら言い、昨夜からなんとなく夏風邪気味で目の奥に鈍痛のしている夏実は、とんでもない、束の間の独身生活を楽しむわよ、久しぶりに羽伸ばすんだから、と陳腐に答え、夫は、とにかく、夜電話するよ、と言って出かけ、その日は一日中、買物にもいかず、掃除も洗濯もしないで、お昼にゆうべの残り御飯をトマトスープのかんづめでリゾット風に仕立て、タマゴを落してチーズをふりかけて食べると、熱かったものだから、舌にやけどをし、ひどく汗をかいたので下着を着替えているうちに急に、なんだか身体がだるくなったので、そのままパジャマを着てベッドにもぐり込んでしまった。

　エントツ状の空間に反響して響くマンションの中庭で遊ぶ子供たちのかん高い声で眼が覚めた時はもう四時を過ぎていて、一瞬はっとしたけれど、すぐ今日は自分一人なんだと気がつき、やっぱり風邪をひいていたんだ、と夏実は思い、汗をかいて、ぐっすり眠ったせいで朝方にくらべて気分は良くなっていたけれど、なんとなく起きあがるのがおっくうだったし、なにしろ、誰かのために何かをしなければならない、ということがあるわけでもないのだから、あわてて起きることはないのだと気がつくと、ほっとして溜息を吐き、眠っている間に汗をかいたらしく、頭が汗ばんでかゆかったし、下着も少し湿っているのが気持悪かったものの、ベッドと向いあった壁面の洋服入れのドアは開けっぱなしになっていて、吊された夫のスーツが見え、毛布をはいで起き出したままの乱れた隣のベッドに、西陽が差し込んで、枕の上に落ちた髪の毛が何本か、いやに黒々と目立ち、いつもだったら、午前中にするおおざっぱな掃除の時に、ガムテープをちぎって枕やシーツの上に落ちた髪の毛を取り、それが一週間に一度のシーツ交換日であれば――一週間に一度というわけなどではもちろんなかったが、いつの頃からかシーツの交換日の前の夜に性交をする習慣になっていたのだったけれど、新婚の頃は、換えたてのピンと糊のきいた木綿の布地のなめらかでひんやりした感触が官能を刺激したりしてシーツの交換日にも性交をしたものだったが、——夫婦の二組と子供の二組、合計四枚ずつのシーツと枕カヴァーを二回にわけて洗濯機に入れることになるのだが、今日はもちろん交換日ではないけれど、起きたらコーヒーを一杯飲んで、それからベッドのシーツを換えて、お風呂に入ろうと思った。

バス・タブにお湯を入れながらベッド・メーキングをして、夫のベッドは枕をきちんと包んでベッドカヴァーをかけ、自分のベッドはすぐにもぐり込めるように、毛布の右上の端を三角にたたんで折り返し、それから、まだバス・タブのお湯は充分な量になっていなかったけれど、クリーム色の氷砂糖の粒のようなカミツレの入浴剤を入れ、お湯を出しっぱなしにしながら浸り、ゆっくりシャンプーをして身体を洗った。いつもは、もちろん、そんなにゆっくりお風呂を使ってはいられない気がしていて、子供たちは夕食の前に入るし、寝る前に、夫の使った後で入る時などは、自分が最後なのだからゆっくり使ったってかまわないようなものなのに、どういうわけか、そそくさとすませてしまうのがならい性になってしまっている。

別に何があったというわけではないのだが、夫の入った後で入るのが、なんともうとましく感じたことがあったのを思い出し、きたならしい、とまでは思わないのだが、身体中の毛穴から出る汗がお湯のなかに混っていることは確かで、子供にはもちろんそんなことを思いはしないのだが、ふと、夫の身体から流れる汗の混ったお湯に入っているのが、うとましくうんざりすることのように思えるのだ。汚れが汗と一緒に毛穴から滲み出て混ったお湯に全身を浸しているのもいやだったし、性交の最中にぴったり重ねあわされた皮膚と皮膚の間に流れる汗にはそうは思わないのに、お湯の中で夫の汗や汚れと自分の毛穴から滲み出た汗や汚れが混りあうという状態を思い浮べると、なんとも気持が悪くて、まるで自分の身体の輪郭が溶けて、別の身体を持ったものとの境界と皮膚の毛穴を通して、しかも汚れたお湯に溶けだしながら混りあっているような不快な気持悪さを感じてしまう。

いつだったか、弟にその話をすると、へえーっ、姉さん、それでよく夫婦がやってられるね、うまく行ってないんじゃないの、と言われ、そういう深刻な問題ではなく、たとえば、枕やシーツのうえに落ちている髪の脱毛が、不潔できたならしいゴミなのと同じで、髪の毛だって、彼の頭に生えてるのはきたないなんて思わないけど、脱けて落ちてるのは、やっぱりきたないじゃないの、爪だって、指についてるのはいいけど、切りくずは、やっぱりきたならしいじゃないの、それと同じよ、と答えると、うーん、そんなもんかなあ、髪の毛と爪はまだねえ、ゴミと言えばゴミだから、きたないというのもわかるけど、風呂はなあ、と弟は答えたので、ヨーロッパとかアメリカなんかで、ロケットの中に恋人とか夫や妻や子供や母親の髪の毛の小さい束を入れていたりする習慣があるみたいだし、親しい死んだ人の髪の毛で時計の鎖を編んだり、小さい三色スミレの形に編んで額に入れておいたりするというのを何かで読んだことあったけど、こういうのは、そういったロマンチックな習慣のためにわざわざ髪の束を切り取るのであって、そういう場合は、きたならしいというより、屍体愛好症めいて気持が悪いということになるわけよ、と夏実は説明したのだが、弟は、長い髪に魔力や呪力があるってことも重なる習慣なんだろうけど、それはそれさ、でも、風呂がきたないって言われるとなあ、相当傷つくよなあ、セックスしてる間柄の夫婦が、子供が二人もいるんだよ、姉貴たちには、と言うのだった。

そう言われると、子供の物と自分の物は一緒に洗濯機で洗うけれど夫の物は一緒に洗わない――なんだか汚いというか、とにかくいやだから――ということについては、もっと言い出しにくくなってしまったので、友達の専業主婦にそういう人がいると話を少しアレンジして言うと、自分のところでは自分の物は自分で洗濯することになっているから、ちょっとわかんないけど、考えてみると自分の下着と彼女の下着を一緒に洗うのは、なんだかちょっといやだな、よくわからないけどそれはなんとなく不潔な気がしないでもないなあ、と考え込み、姉貴はどうしてるの、と訊き、実は家でもそうだと答えると、お袋はどうしてたのかなあ、姉さんはメンスが始まった時から、おれは夢精するようになってから、下着だけは自分で洗うということになったけど、親父のものは、やっぱり別に洗ってたのかもしれないな、と言うので、思い出した、思い出した、それはまったくその通りで別々に洗っていたよ、かあさん、と夏実は言い、それが普通なのだ——少なくとも自分の育った家では——と思ったのだったが、考えてみれば、八一年に結婚して子供が生れるまでは共働きだったし、夫は大学に入学した時からアパート住いを十年近く続けていたのだから学生時代はコインランドリーを利用していて、就職して目白のマンションに越してからは近くにコインランドリーがなかったので全自動洗濯機を買い——結婚した時に冷蔵庫はスリードアの最新機能の付いたのを買ったけれど、洗濯機はまだそんなに使用していないそれを使うことになったので、浮いた分で乾燥機を買うことにしたのだった——自分で当然洗濯をする習慣で、結婚したからと言って、自分の汚れ物を妻が洗ってくれるものと図々しくなんの疑問もなく思い込んでいたわけではなく、一週間に一度（隔週で休日だった土曜か日曜に）自分の下着や靴下、パジャマやタオルや普断着類を洗っていて、夫がそうやることに夏実は特別に感心したりもしなかったし、それは当然というか、なんとなくそうするものだと思い込んでいて、あれはいつの頃だったのか、子供が生れて気楽ではあったけれど面白味もない退屈な職場をやめ（実家が近所だったから母親に孫の面倒を見てもらえば、働くことは充分可能だったはずだけれど)、思い出してみれば子供が満一歳と三ヵ月になった年の二月に、夫がひどい流感にかかって一週間寝込んだことがあり、その頃は1LDKのマンションに住んでいたから、別の部屋に病人を寝かしておくことが出来ず、赤ン坊に流感が感染《うつ》っては大変だというので実家に避難させ、看病という程の大仰なものでもなかったが、アルミパック入りの白がゆを温めたり、リンゴと人参のすりおろしにハチミツを混ぜた物を作ったり、アイスノンで頭を冷やしたりというようなことと、熱のせいで汗をたくさんかき、濡れた下着やパジャマを何回も着替えるのでそれを洗濯することになり、それがきっかけになったということなのか、それ以後どういうわけか夫は汚れ物をランドリーバスケットに入れておくだけになって、なんとなくそのまま事の成り行きで夏実が夫の物も洗濯することになってしまったのだった。

それまで全自動洗濯機に、クリーニング屋に出すワイシャツを除いて一週間分の自分の汚れ物を色のついた物も何もかも全部一緒に入れて洗っていたものだから、夫の下着類(BVDとヘインズとフクスケの製品の混ったランニングやブリーフや長袖のシャツやズボン下)は、ちゃんとした洗濯のやり方を心得ている者の目で見れば不出来もいいところで、からっと白く洗いあがっていなくて、色物のパジャマだかTシャツだかスウェットの色落ちに薄く染って薄汚れたようになっているし、乾燥機の熱でゴムの部分の傷んでいるブリーフなどもあり、あんまり薄汚いものだからあきれて全部捨ててやった。スーパーマーケットのバーゲンセールで、フクスケの二枚組七百八十円という見るからに年寄りくさいというかオヤジくさい白いメリヤスのブリーフとランニングもあったけれど、それはいかに何でもあんまり味気ないので、霜降りのグレーと白の無地のBVDとヘインズのをとりあえずランニングとブリーフを五枚ずつ買い、なんだか無駄な買物という気もしなくはなかったし、捨てる前に漂白剤に浸けておけば薄い灰色がかったようになっていた下着も多少改善されたかもしれないのだから試してみる価値はあったかもしれないな、という気が、レジでお金を払った時にはしたし、第一、人の下着を洗うなんて屈辱的じゃないの、という気もしてきてむしゃくしゃした気分でもあったのだったけれど、仮りに――そんなこと、ちゃんちゃらおかしくて（と、母親の口癖がつい出たのだったが）、あるわけないけど――夫が浮気でも本気の恋愛とやらでも、とにかく婚外性交渉の機会を持つとして――うん、ない、とは断言は出来ないよね、まあ、ないという方に賭けるけど、と出張中の夫のことを思い出して考え――女というものが不倫相手の男の下着をつくづく見るのかどうか、そのあたりは微妙なところでなんとも言えないものの、仮りにの話なのだから、見る、ということになった場合、と、カミツレの入浴剤で極く薄い葛湯のような色になっている自分以外の者の汚れや汗の混りあっていないお湯の中でゆっくり身体を伸ばしながら思い、顔や首筋に流れる汗を両手ですくったお湯で洗い流し、そういう場合、もちろん、ああいう薄汚れた下着を見て、そういう女は、この人の奥さんはだらしないのだ――一事が万事で、洗濯のやり方だけでなく、他の家事全般とか身だしなみも――と思ってそういうだらしのない、昔だったら、おひきずりと言われる女が奥さんだということに同情したりして、自分はこの人の面倒をみてやりたいなんて考えるかもしれないし、それとは反対に、薄汚れたみじめったらしい下着に生活の臭気を感じてうんざりするかもしれないとすると、どっちにしても、あたしには本当は関係ないのだけれども（何しろ、彼の何もかも一緒くたに洗ってしまう洗濯のやり方のせいなのだから）、だいたい女房持ちの男と問題をおこすような女というのは、見聞きしたかぎりでは、妻というものに悪意のある偏見を持っているから、専業主婦の妻ともなれば誰でもが当然のように、何も感じずあたりまえのこととして夫の下着を洗濯する存在だと考えているのに決っていて、だから、それはあたしのせいだと思われることになるわけで、それに対しては腹が立つから、ちゃんときれいに洗いあがった下着を身につけさせておくほうが、まあ、何かといいのかもしれない、といったようなことを考え、お風呂からあがってバスローブのまま冷蔵庫からミルクを出して、水切りかごに伏せてあった何回名前を聞いても、覚える気がないのでナントカザウルスと言っている恐竜の草色で描かれた線描きの絵がプリントされている子供達のマグカップで飲んでから、ソファに寝そべると、立っている位置では窓の外に見える高さの不ぞろいの灰色やベージュの、マンションや雑居ビルが林立という具合に建ち並んで、ところどころに樹木の緑色の点在する、ずうっと広がっている郊外の住宅地の殺風景な眺めは消え、開け放した窓の奥には青いまぶしい光を発している夏空――吸い込まれるような、とでも言うべき――が広がり、頭がぼうっとして、寝そべっているのにめまいがして頭全体がと言うべきなのか目の前がと言うべきなのかよくわからないのだけれど、くらくら揺れ動き、眼を閉じてから視線を空から外すと目蓋の裏に焼きつけられたようなオレンジ色の輪が映り、灰色の短い起毛のあるアクリル地のソファの背もたれに夫の少し茶色っぽい細い髪の毛が二、三本と白髪が一本布地に喰い込むように張りついて光っているのが眼に映った。

鳥の声

スズメと土鳩の鳴声くらいなら、それに、ニワトリと、子供の頃に実家で飼っていたダルマインコのダーちゃんの声も聞きわけることが出来たし、鳥の姿と鳴声とが一致する。もっとも鳥かごの中の止り木にチョコンと座った丸まっちい格好がダルマにそっくりなダルマインコのダーちゃんの「本当の声」というのは、よくわからない。ヴェランダにやって来る猫の姿に神経質に怯えて喚きたてる時のキイキイかん高く鋭い声が、テレビの自然探訪番組の密林のなかに響く音に似ていなくもないような気がして、もともとは遥かずうっと昔に熱帯の密林に棲息していた祖先の声なのかもしれない、とふと考えたりもしたのだったけれど、その頃だって、インコはジャングルに住む他の鳥や動物の鳴き声を真似ていたかもしれないし、いつもは、うっとりと半ば眼を閉じ、むくむくと何層にも重なった羽毛で丸くなっている小首をかしげるようにして、片脚の先で器用につかんだ灰色のヒマワリの種の皮を、器用にクチバシで割り、ふと何かを思い出して追憶にふけっているといった様子で動作を停止してから、皮を剥いた種を食べ、こもったようなグルグルという音をたて、かん高いようなこもったような妙な低い声で、ダーちゃん、ダーちゃんは、おりこう、と言ったり、カラスや土鳩やスズメの鳴声を真似たり、時には犬のワンワンなく声も真似たり、敵である猫のケンカの声も真似たりもしたので、本当のところはわからない。本当のところはわからない、といったところで、「本当のこと」を知りたいと思っているわけでもなかったし、だから、春になるとマンションの前の植込みの枝にやってきて、高い鋭い声でツピー、ツピー、と鳴く鳥がどういう鳥で何という名前なのかも、とりわけ知りたいと思ったりしたわけでもない。

下の男の子は、動物が特別に好きというわけではないのだが、朝と夕方に窓の外にやって来るらしい鳥を、ツピちゃんと呼んでいて、単調にツピー、ツピー、と繰りかえす鳥の声をかん高い幼い声で真似し、両手を鳥の翼のように広げてパタパタさせながら幼稚園に出かけて行くので、実家の母親は、そもそもがそう教育熱心という性質《たち》でもなかったのは自分たちが経験上良く知っていたことだったのに、電話でそのことをなんとなく話すと、唐突に、それはあの子に音楽的才能があるという証拠かもしれない、と言い出すので、まさか、と夏実はあきれて失笑してしまい、家の家系だって、音痴とまではいわないまでも、まあ、でもとうさんははっきり音痴だし、あたしだって高校の選択課目で音楽なんて取るつもりは一度もないくらいだったし、彼の家の人たちときたら、これはもう、まったくの音痴と断言して誰はばかるところのない人たちで、いつだったか、彼の家でお義父さんが縁側でそれが趣味の靴磨きをしながらいい気持そうに御詠歌——というんじゃないの？——をうなっているというか歌っているのだと思って、お若いのにそういう昔のものをよく御存知ですねって言ったら——英二さんのお父さん、お幾つだった？　とうさんより三つ上だったとか言ってたから、六十六というところかな——自分が若い時分にずいぶん流行った歌で、昔といえば昔ではあるけれど、ジーン・ケリーがそりゃあかっこ良かったよ、「雨に唄えば」、というの聞いた時には笑うに笑えず苦しいのをごまかしていたけど、うちの人は決定的に父親系なんだから、だいたい、下の子が、ツピー、ツピー、と真似る鳥の声だって、ごく単純な音階のはずなのに、どっか調子が外れている、と答えると、それでも母親は、幼児の自然に対する興味の芽生えを伸ばしてやるべきで、ほら、カセットとかCDで、野鳥の声を録音したのが売ってるらしいし、あの大江光さんはそれを聴いて音楽の才能を育てたっていうんだから、あんたも、そういうの買ってやるなり、鳥の図鑑みたいなもの買ってやるなりしてさ、と言いつのり、子供の才能は伸ばしてやるべきだよ、何も作曲家になれって言ってるわけじゃなくて、音に対する感性を育てるって意味で、と言うのだった。

目白の祖母は、上の子には絵の才能があると信じていたこともあり、その時には子供が幼稚園や家で遊びながらカラーペンで描いたうさぎの絵――幼稚園の庭で飼っている白いのと白と黒の斑のと茶色の三匹のうさぎが画用紙いっぱいに描いてあり、茶色のうさぎは耳が画用紙からはみ出してしまっていたし白と黒のパンダ柄のうさぎは太って耳が短く描いてあったものだから、おばあちゃんは、うさぎと白と黒のブチ猫とラッコが見事に描きわけてある、と感心したのだった――が大胆でのびのびしてとてもいい、だいたい幼稚園児なんて、あんたたち姉弟《きょうだい》もそうだったけれど、クレパスかクレヨンでチューリップを描いてたじゃないの、チューリップでなければ、ヒマワリ、形が簡単だからね、誰でも描けるわけさ、うさぎを描いたって、あの口がバッテンでおめめが点々のウサコちゃんだったじゃないの？　なんとかっていうオランダのデザイナーの描いた絵本のさ、あれが簡単なので真似て、なんか、こう、創造性ってもののない平凡な子たちだなあって、わが子ながらそう思ったけど、それはまあそれでいいのよ、と言ってペリカン社の二十色の水彩絵具と絵筆の一式を買って寄こし、結局、それほど創造的な性質ではなかったらしく水彩用具一式を上の子はたいして使いはしなかったのだが、それでも、オレンジ色の顔に茶色の髪、ブルーのブラウスを着てレモンイエローをバックに塗ったおばあちゃんの肖像画を描き、その絵がやけに気に入った母親は目白通りの額縁店で額装してもらって、雪ケ谷のおじさんが子供の頃に描いた絵と並べて、居間に飾っておいたのだった。

昭和四十一年に、心臓の発作で死んだ母親の三つ違いの兄さん――精神病院に入院していたことがあって一生独身で、雪ケ谷の実家でずっとブラブラしていたのだが、母親は、兄のことを、才能があって頭もよかったのだけれど、なにしろ頭はおかしかった、やっぱりなんて言っても変だったわね、と言い、父親は子供たちの伯父さんのことをそういう言い方をしてはいけないと、どうせそういう教育的見地から発言するのなら子供のいないところで母親に言えばいいものを、そう言ってから、夏実には、確かにちょっと変な人だったけど、雪ケ谷のおじさんがきみの名前を付けてくれたんだよ、ちょっと詩的な名前だね、夏の果実はまだ完全には熟していないけど、秋になれば完熟するって意味で、と説明し、そう言われると、なんとなく誰もわざわざ収穫して食べないので、鳥が食べにやってくる庭の柿の実のことを夏実自身は連想して少しもうれしくなかったが、とうさんたちは夏子とか夏江とか夏生とか夏美という字を考えてたところを、伯父さんが果実の実、木の実の実という字を選んでくれた、というのだった――が小学生の時にかあさん（夏実たちにとっては雪ケ谷のおばあちゃん）の絵を描いて、もともと画家志望でアマチュア画家でもある若い担任の教師に、フォーヴだ、と賞讃され、モデルになったかあさんとしては、自分が黄色い顔に赤と黒の眼で、ひょうたんの柄の浴衣を着て赤いウチワをかざして踊っているような妙な絵を上手とはとても思えなかったけれど、モダン・アートの公募展に児童部門というのがあるから、是非それに出品させたいと若い教師（休みの間はベレ帽にルパシカというボヘミアンめいた服装で油絵を描いたり、パイプを吸いながら詩集を読んだりするので、〈アカ〉に間違えられたこともある）が家に訪ねてきて熱心に勧め、フォーヴというのは何なのですか、と訊くと、「みづゑ」に載っていたピカソの「アヴィニョンの娘たち」を見せ、フォーヴというのはフォーヴィズムのことで、日本語では野獣派と訳されます、と説明し、教師は絵のタイトルをあれこれ考えて「盆踊り」は平凡すぎるから「踊り」、それとも「踊る女」としたほうが絵にはあってるかもしれない、と悩んだ挙句、「踊る女」というタイトルは、なんというか芸術的すぎて小学生らしくないということで結着して「踊り」に決め、絵は見事に特選に入賞し、天才少年という評判さえたったのだったそうで、五十年以上も昔に描かれたものだったが、ガラス入りの額装をして新聞紙に包んでからボール紙の箱に収めてあったので保存状態は良く、昭和十八年の春、上野の桜木から雪ケ谷に引っ越した時に包んで収《しま》ったままになっていたのが、雪ケ谷のおばあちゃんが死んだ後で遺品を整理していた時に、納戸から出て来て、死んだ兄の描いた母の絵を、ああ、覚えてるわよ、これ、と声を詰まらせて懐しむかたわらで、父親は額を包んであった昭和十八年の新聞を夢中になって読みはじめ、何度もそうだったかねえ、なるほどねえと嘆声をもらした後で、絵を見て、おもしろい絵だね、と一言だけ言ったのが母親にしてみれば気に食わなかったらしいのだが、夏実は、小学生だった雪ケ谷のおじさんが描いたフォーヴ風の水彩画よりも、絵と一緒に入っていた古びて少し全体が黄ばんだ手札判の大きさの写真が気に入って、それは父や母のアルバムに貼ってある、写真館で撮ったか写真館の人に出張してもらって撮ったのがはっきりわかる、堅苦しい感じでそれぞれが所定の位置に並んだ家族の記念写真とは違って、いかにも素人の撮ったスナップという感じの一枚で、母親は、誰がそれを撮ったのか全然覚えていないし、こんな写真があったということさえ知らなかった、と涙混りの嘆声をあげたのだったが、小さな手札サイズの横位置の写真の中の、今はもう残っていない上野の家の縁側で、十歳くらいの丸坊主の男の子が白っぽい半ズボンに半袖シャツを着て、横向きの姿勢でガラス戸に背をもたせかけて顔だけをカメラの方に向け、庭の踏み石の近くで、小さなおかっぱのフリル付きのエプロンをした女の子はしゃがみ込んで両手を開いた両膝の上に乗せて地面をのぞき込むようにして——蟻よ、蟻を見てたの、ここのところに大きな蟻の穴があって、あたし、お砂糖を少し置いといてやったのよ、かあさんにはしかられるんだけれど——頭を下げ、縁側と座敷の間のよしずの障子に半ば隠れて二人の子供の父親があぐらをかいて、畳に広げた新聞を前かがみになって読んでいる最中で、男の子がガラス戸によりかかっているのとは反対の縁側のガラス戸越しに、右手を髪の毛にちょっとあてて、何かの動作に移ろうとしているようなうつむき加減の白いブラウスに灰色のセミフレアのスカートを着た母親が写っているのだった。カメラの方を見ているのは小さな小学生の雪ケ谷のおじさんだけで、蟻に夢中になっている小さい女の子も、顔をよく覚えていないおじいちゃんも、今の夏実より若いかもしれないおばあちゃんも、まったくカメラを意識していないで、夏休みのありふれた午後の強い日差しの庭と薄暗い家のなかで、ばらばらに別のところを向いて何かをしていて、その人たちが、夏実の下の子供よりまだ幼いかもしれない母親を除けば、もう誰もここに今生きてはいないのだと思うと、ひどく不思議な気がして、誰がこの写真撮ったのかなあ、おじさんはその人のこと見てるのにね、と言うと、母親は、ぜんぜんわからない、とぼんやりした声で答えたのだったが、その写真のことはすぐに忘れてしまったらしく、兄の描いた水彩画を居間に飾ることにして、孫の描いた水彩のタッチは兄さんの絵によく似ている、なんかこう独特の才能を感じると主張し、今度は下の孫の音感に興味を持って、雪ケ谷のおじさんはオカリナが上手だったの覚えてない？　あんたよく遊びに行った時聞かせてもらってたじゃないか、教えてもらったんだけど全然吹けなくてさ、と言い出し、おじさんに似たら自分の孫に音楽の才能があっても不思議じゃないと、期待をかけるらしいのだ。

音に対する感性は重要なことよ、だって、それというのも、ついこないだ、伊東さんのところで建てたマンションに越して来た一家に頭にきているからで、あんな音に対して鈍感な一家はいない、去年の夏から建設の騒音に悩まされて、それはまあ、伊東さんのところも土地の相続税やら何やらで、庭をつぶしてマンションにする以外なかったのはしかたないにしても、入居させる人間は選んでほしかったわね。それが五十五から六十歳くらいのおばあちゃんと、娘夫婦なのか息子夫婦なのか、道の真ン中で大声で孫相手に「ママ」の悪口言ってるところをみると、息子夫婦なのかもしれないけれど、これにうんざりしてるのよ、と母親は言い、だいたい、こういう、昭和三十年代に分譲住宅地として売りに出されたサラリーマン向きの住宅地で、孫に、おばあちゃまと呼ばせるというのが気に入らないし、そのおばあちゃま自身が、とてもそんな柄じゃない、下品な女で、あたしのかあさんだったら、昔の人だからダルマあがりって言うところだろうけど、まあ下品な女なの、普通の奥さんには見えないね、と悪口を言い、ダルマって？　と聞きかえすと、インコのことじゃなくて、昔、売春してる人のことをそう言ったのだと説明し、孫は女の子なんだけれど、この子が毎日三輪車で遊んで、この三輪車というのがまた、ペダルを踏むと音楽が鳴り出すしくみになってるんだね。「カッコー・ワルツ」知ってるでしょ？　カッコー、カッコー、ランランラララララン。これを午前と午後の二回、毎日乗りまわすのよ。ばあさんが一緒に大声出して、孫は孫で大声で「カッコー・ワルツ」を歌うし。カッコーの鳴声はいいよ、森の湖畔の朝まだき、朝霧の中から聞えてくるんならね。カッコーは恋人を呼ぶ、とかいう詩もあったじゃないの、誰の詩だか知らないけど。ようするに、三輪車の「カッコー・ワルツ」の音で育った子供は、まあ、音痴になると思うね。いやんなっちゃうわよ、夕方、台所で夕食のしたくなんかしてると、つい、こっちまで、カッコー、カッコー、ランランラララララン、なんて鼻歌うたっちゃってて、腹が立つったらないよ、と言っていたのだったが、それから一週間程して、母親から野生の鳥の声のカセット・テープとバード・ウオッチングの本が送られて来て、誰も特別に鳥に興味があったわけでもないので、テープは一度も聴いていないし、バード・ウオッチングの本は、それをパラパラ開いて見た夫は、双眼鏡だのリュックだの帽子だのなんだのをそろえて、野山へ出かけなければならないそうだ、面倒くさそうだよ、と言うので、何もそんなにオーヴァーにやらなくても、馬事公苑の雑木林の散歩コースに出かけるだけでもバード・ウオッチングくらい出来るわよ、なんかいるもの、鳥が、と答えはしたものの、別に興味をもったわけではなく、ツピー、ツピー、ツピーと鳴く鳥は、相かわらず、ふと気がつくとどこかで鳴いているけれど、下の子は鳥の鳴声の真似をするのにはあきたらしくて、少し調子の外れた、ツピー、ツピーという声はもう出さない。

誰もいない午後の部屋で一人でぼうっとしていると、遠くの空の方から、自動車の騒音やガス湯沸器が点火する時の小さな爆音や洗濯機や掃除機のモーター音の混りあったようなり声がきこえて来て、窓のレースのカーテンが風にあおられ大きくふわりとふくらみ、ヴェランダのプラスチックの洗濯物吊りのクリップがぶつかりあってカチャカチャと音をたて、洗面所の蛇口がよく締まっていないらしく（と言うより、最初から蛇口がゆるみがちだったのだが）、水のポタポタ落ちる音がして、ちゃんと締めに行かなければいけないと思いながらつい動くのが面倒で、どうしようかと思っていると、「ツピちゃん」の正体はわかった？ という第一声で挨拶抜きでいきなり母親が電話をかけてきたので、曖昧にごまかし、そういえば、昔家で飼っていたダルマインコだけれど、あの鳥の本当の声はどういうのだろうと言うと、母親は、本当の声って、どういうこと？ と訊きかえすので、生れつきの鳴声のことだと答えると、あっさり、ギャーギャーキイキイという感じの声が生れつきの声なんじゃないの？ それとも、あれはあんたたちの姉弟ゲンカの声を真似てたのだろうか、と、冗談を言ってるというわけではなく、真面目に言うので、ふん、まさか、と夏実は答えたのだったが、そんなふうな気がしなくもないとは思ったのだった。姉弟ゲンカをやらなかったわけではなく、弟より四つ上だったから、五年か六年生になり、多少大人ぶって子供は相手にしないという態度を夏実がとるようになるまでは、確かにそういう派手なケンカをしたこともあった。

ダーちゃんが死んじゃっててよかった、あの子、物覚えがよかったからね、きっと「カッコー・ワルツ」を一日中真似ちゃうよ、うんざりが倍加する、と母親が言い、そうね、と夏実が答えると、今日電話をしたのは、と弾んだ声を出して、あんたに買物につきあってもらいたいと思ってさ、と弾む声をわざとらしくひそめて言うのだった。もちろん、あんたにも何か買ってあげる、ちょっとね、そんなに大した額じゃあないけどお金があるのよ、あたしのお金、たまにはさ、ちゃんとした散財というか消費をしたいじゃないの、毎日、スーパーに食料品とかティッシュとか洗剤買いに行くだけじゃあ、あきあきしちゃう、あんたもそうじゃない？　ストレスになるのよ、そういうことも、ストレスは発散させなきゃあ。

それは確かにそのとおりで、パートタイムでさえ働きに行っていないのだし、区の文化教育センターの低料金で通える生涯学習教室の幾つかの魅力を感じないでもないプログラムー水泳教室（どういうわけか、泳げないのだ）、ジャズ・ダンス、包丁からカンナまでが研げるようになるという刃物研ぎの教室――にも行こうと思いはするのだけれど、なんとなく行けずにいて、ちゃんとやろうと思えばやることの種に事欠くことのない家事全般の、ことに掃除というか、室内のメンテナンスというのか整理整頓も、引っ越して一年くらいの間は、メンテナンスと改装の整ったきれいな状態を保つべく努力をするというより、それが結構楽しくて熱心にやってはいたのだったが、当然、そういうことはすぐにあきてしまい、掃除は手抜きになったとは言っても、それでも、毎日毎日、やらなければならない単調な家事は、オーヴァーな言い方ではなく、それこそ、やってもやってもいつ果てるとも知れない繰り返しのシジフォスの労働めいていて、それに少しの変化が生じるのが、いわゆる〈家庭の行事〉というわけで、これがまた、結構いそいそと準備しちゃったりするのが楽しかったりして、かえって後で腹が立つのよね、と、いつだったか、せっちゃんに言うと、共同体の冠婚葬祭も同じで、長いケのなかにハレがあって共同体を保守するわけよね、と答え、せっちゃんの言う事は見当外れというより、馬鹿が利口ぶっているとしか思えなかったので腹が立ち、あんたって暢気よねえ、自分らしく生きていられてさ、と意地悪く皮肉な口調で言ってから、自分の思っていることをどうやって表現していいのか、もどかしく言葉につまり、我ながら情無かったのだったが、あんたは、おとうさんとおかあさんが兄さん夫婦と一緒に暮してるから、桃子ちゃんのように一人で母親の面倒を死ぬまで見なければならないということもないし、一人暮しで自分のやりたい仕事をして好きに生活してる人には、わからないことがあるのよ、と専業主婦が一人暮しで働いている自由な女に対して言うことになっている決り文句を口にしてしまうと、それは確かにその通りだという気になってしまって、もちろん、せっちゃんにこっちの考えてることがわかるはずもなかったし、そればかりか自分でも、自分が思っていて言いたいことが何なのかわからないのだから、あんたみたいに恵まれた女の人には、ちっともわからないでしょうさ、と言ってしまうと、それで何かを言ったような気持にもなってしまい、プンプン怒りながら電話を切ったことを思い出し、母親が、ストレスは発散させなければ、と言ったのには、つい、そういう場合、ストレス解消って言わない？　発散なんて、抑圧された若い男の子の性欲みたい、と答えてしまうと、母親は、発散も解消も意味は同じようなものじゃないか、と、むっとしたので、夏実は少しあわてて、でも、発散の方が解消より、なんていうか、ぱっ、としたというか、わっ、とした感じでさ、解消というと、なんかこう、しぼんで無くなるようなイメージでしょう、だからあ、と、尻上りの甘ったれた語調で話を続け、かあさんがなんか買ってくれるって言うんなら、そりゃあ、断然、ストレスの発散！　という気分だよ、と答えたのだった。

目白だけでなく、夫の実家の長野に行くこともあるお正月に始まって、ということは暮れのうちからということで、その前にクリスマスがあり、二、三のところにはお歳暮も贈るし、十二月十二日は下の子の誕生日なのだが、大人だったら、クリスマスと一緒にお祝いしましょう、と言っても通用するだろうが、上の方が十一月一日に誕生日祝いをするものだから、そういう不公平なごまかしもきかず、九月は両親の結婚記念日に何かを贈り、七月九日は夏実の誕生日、八月、七月の夏休みは家族旅行、六月は夫の誕生日が二十二日なので、これは父の日と一緒に祝うということになっているけれども、夏実の父親と夫の父親にプレゼントを贈り、五月には母の日で同じようにプレゼントを贈り、夏実は子供たちがカーネーションの鉢植えを、貯めておいたお年玉から出して買い、夫は一日完全主婦になり、五月十日の結婚記念日にはお互いにプレゼントを贈りあうし、子供の日もある。四月は夫の両親の結婚記念日と、子供たちの進級祝い、三月はホワイトデーに夫がちょっとしたプレゼントを（と言っても、実際には品物を夏実が買って、これをプレゼントに買ったからね、と夫に見せるのだ）してくれることになっていて、二月はバレンタインデーと、毎月何かの行事と出費があるから、当然そういうことになるのだが、買物といえば、そうした家族の行事のためのお祝いの品物を買うためばかりで、自分だって欲しい物はそれはいくらでもあることはあるし、それだって、もちろん、ブルガリのリングだのミッソーニのカシミア・コートだのフェラガモの靴といった類いの、古風に言えばブルジョワ趣味、少し前の言い方だとブランド志向で、今ではコマダム系と言うらしい品物が欲しいというのではなく、OLをやっていた時にそれが流行だったので欲しいし、欲しいというよりも、絶対必要なのだと思って買ったエトロの巾着型、ルイ・ヴィトンのエピのバッグを、今さら持って歩くのは野暮ったいとかダサイという以上に、悲惨だから――だって、そうじゃないの――もっと安くても今風のバッグが欲しいし、乾燥機だって本当は冷蔵庫だって買い替えたくはないけど、そうは言ってもそろそろガタがきていて、いつか――それも近いうちに――買い替えることになるだろうし、食器棚も本当はキッチンの感じにあわせて、もっとシャープなデザインの物にしたいし、他にだっていくらでも、欲しい物は純粋に自分用の物だけだっていくらでもあるのに、「買物に行く」と言えば、マンションの近くの、そこへ出かける前から店に置かれた商品の並び方までが目に浮ぶほどあきあきしているスーパーマーケットへ、食料品や日用品を買うために、少なくとも一日おき、そうでなければ、ほとんど毎日行くことばかりを意味していて、入ってすぐ左手横に葉物、根菜、トマト、キュウリと並ぶ野菜のショーケースと通路をはさんで、果物とキノコ類と乳製品、奥まったところに紀ノ国屋とパスコのパン売場、その隣がハム・ソーセージと西洋風そうざい売場、その隣には天ぷらとカツとコロッケのガラスケース、右手横にミルクと乳飲料、フライパンや鍋や焼きあみ、ふきん、ゴミ袋、アルミホイル、ラップなどの台所用品、通路をはさんで、台所用と洗濯用と住居用、風呂場用、トイレ用の何種類もの洗剤や漂白剤や柔軟仕あげ剤、食器、紙ナプキンや紙コップ、様々なかたちをした保存用プラスチック容器、プラスチックの蓋とボール紙の台紙に一つ一つパックされて整然と並べられているレードルやせん抜きやカン切りやキッチンばさみ、派手な色の袋に入った何種類ものインスタントラーメンとカップめんとシリアル、鮮魚売場の冷蔵ショーケースにはステンレスの網の上に高級魚が何種類か置いてあることもあるけれど、そこへ行くのは火曜の魚特売日だったから、サーヴィス品のマグロとタイとハマチとタコの刺身のトレーが並び、隣のケースにはいつも決ってパック入りのしじみとあさりとはまぐり、生の海藻類、その横に、全部トレーに入ってパックされたマグロのブツ切りと中落ち、ゆでダコ、タマゴ焼き、うなぎの蒲焼き、イクラ、イカ、アオヤギ、さらに、生イカ、甘塩タラ、スケソウダラ、生鮭切身、アコウ鯛切身、イワシ、アジ、から揚げ用小アジ、から揚げ用ワカサギ、加工用ホタテ貝柱、蒸しホタテ貝、太刀魚切身、隣の冷凍魚のショーケースには、大きさで何種類かにわけられているブラックタイガー、大正エビ、エビむき身、あさりむき身、白身魚のすりみ、ミックス・シーフード、ホタテ貝柱、その隣の肉売場には、半調理製品のカツ、ヤキトリ、竹ぐしにさしたサイコロステーキ、ロールキャベツ、ハンバーグ、鳥肉、牛豚あいびき、牛ひき肉、豚ひき肉（赤味80％以上保証！のラベル）のトレー入りパック、輸入牛肉、国産牛肉、和牛、黒豚、クリーン・ポークのロースとももとバラの薄切りと切身とかたまりのパックと、バタ焼用と焼肉用とスキヤキ用としゃぶしゃぶ用のパック、牛肉専用のショーケースには、少し高級なタンやステーキやスキヤキやローストの肉、その隣の棚には、大量のカレー関係のレトルト食品から香辛料の類い、中国とエスニックの食材、レトルトパックのおかゆとたきこみ御飯の素各種、通路をはさんだ棚には、しょうゆとソースと高級輸入食品のバルサミコやオリーヴ油やワイン・ヴィネガー、ボヴリル、アンチョビソース、各種のみそ、各種の塩、といつだって、たちどころにそらで暗記できるほどで、ついこないだの薄ら寒かった雨の日、ほとんど汚れていなかったのでクリーニングに出さずに去年の秋以来クローゼットに吊しておいた木綿のジャケットを取り出して着ると、ポケットの中に二つに折りたたんだ銀行の名前入りメモ用紙と一緒に淡い水色の麻の、新宿のバーニーズで買ったハンカチ――どこかで落したのかと思っていた――が入っていたのは、ハンカチが見つかった事に関して言えば、ちょっとしたいい事のうちに入るのかもしれなかったが、二つ折りになっていたメモ用紙を開くと鉛筆の走り書きの乱暴な横書きの字で、買物のメモが書かれていて、それを読むと、ついさっき、メモ用紙に使っている無印良品のA6判Sのメモパッドに、電話台の上に置いてペンたてにしているフランス製の粒ガラシの入っていたベージュの陶器の容器に差してある鉛筆を取り出して食卓で書いた買物のメモと同じ内容で——粉チーズとスパゲッティは買い置きの物があったたし、台ブキンではなく食器洗い用スポンジ、可燃ゴミ用の袋でなくトイレットペーパー、それに、オリーヴ油が加わっているだけで、ほとんど変りがないということに、うんざりしたばかりなのだ。

こういうのを既視感て言うわけよ、大人になって、それも主婦なんてやってるとさ、こういう既視感で吐き気とめまいがするわけよ、と夏実はせっちゃんに言い、それでその日は雨が降っていたものだから、夕方近くに買物に出て焦り気味だったこともあって、バーゲンで買った十二個入りのトイレットペーパーを置き忘れ、それに気がついたのが家に帰った後で、しかたないのでスーパーにとって返して、入口に一番近いところにいたレジ係りの女の子——あたしに言わせれば、その子はバーコードのチェックもレジを打つのもノロ臭くてグズグズしてるんだけど、ちょっと顔が可愛いくてフニャフニャした舌ったらずな声で、ありがとうございます、また、どうぞ、なんて言うもんだからさ、その彼女にファンのじいさんがいるのね、笑っちゃうわよ、待たされたけど、また、こっちに並んじゃ

牛ひき肉　~~400g~~

500g

トマト水煮カン

トマト，タマゴ，

パセリ　1ワ

ミルク，粉チーズ，

セロリ，スパゲッティ，

台ブキン，歯ブラシ（夫用）

ゴミ袋（可燃ゴミ用）

おやつ，弁当用おかず

ったよお、あらあ、なんてやってるんだよ、何度も見たもんね——にトイレットペーパーを置き忘れちゃったんですけど、と、声をかけたら、あの、どれでしょう、と、小可愛いく小首をかしげて訊かれたので、忘れ物の置いてあるカウンターを見ると、十二個入りのトイレットペーパーが四つに、五個で一組になってビニール袋に入ったティッシュペーパーが二つあってさ、入口を入った正面の階段の途中じゃあ、さっき来た時にもうお喋りをしていて帰る時にも喋っていた中年と熟年の奥さん三人が、まだ、ヒソヒソ立話をしていて、スーパーの表の駐車場には、いつも飼い主が戻って来るまで吠えているんで有名な、見るからに馬鹿な顔の耳の垂れたバセット・ハウンド——ハッシュパピイのトレードマークと同じ種類の犬ね——がワンワン吠えつづけていて、階段の途中をふさいで立話をしていた熟年の奥さんは、スーパーで流しているBGMにあわせて「ゴッド・ファーザー、〝愛〟のテーマ」を歌いながら出て来るし——あたしがスーパーを出て来た時には「テイスト・オブ・ハニー」が流れてたんだけど——雨の降ってる歩道を自転車に乗った子供たちが凄いスピードで走って行くのを、自分も自転車に乗ってるおかあさんが、後から大声で危ない危ない危ないって叫んだり、眉間に深い縦皺を寄せて顔をしかめた髪の毛もボサボサで、傘はとりあえずさしてはいるものの、一見しておかしいとわかる六十くらいの女の人が、ブツブツと見えない相手に向ってとめどなく文句を言いつづけているのと同じ方向にマンションに向って雨の中を早足で歩き、部屋に戻れば歯ブラシを強くガシガシ動かして磨き、何度言っても、馬鹿みたいにガシガシやらないと磨いた気がしないと言うのは歯槽膿漏の徴候なのだろうが、使い方のせいで十日も使用すると毛が横にバラバラに広がってしまうので、しょっちゅう歯ブラシを買っておかなければならない夫と、小豚と小猿を合成したような息子たちが、けたたましい耳障りな電子音をたててゲームをやっていて、なんであたしが、こいつ等の注文に応じて、スパゲッティ・ミートボール――ミートソースじゃなくて、ミートボールがいいんだよね、ぼくたち――を作らなきゃなんないのかって、つくづく不思議に思うことがあるわよ、ほんとに。

何事もなく平穏無事なことが一番、と、鯛茶漬けを食べながら、母親は言い、昔から、神社で神様にお願いするのは、家内安全、商売繁盛、無病息災と決っているくらいだからね、今のところね、それが何より、いずれはね、いろいろとあるでしょう、まあ、死ぬってことならともかく、ボケちゃうとか、寝たきりになるとかさあ、そういうことだってあるかもしれないけれど、おとうさんだってこれまでのところは、まあ丈夫にね、病気らしいこともなかったし、そりゃあまあ世間並みに、ひととおりの大変なこともあったけど、それを乗りこえて、こうやってるわけよ、と母親は、小さな江戸切子のガラスの皿に盛りあわせになっている、きれいに皮を剝いて一口大に切ってあるプラムとマスカットを洋銀の華奢なフォークでつまみながら、こういうお店は高いから、お昼のサーヴィスタイムじゃないと、あたしたち、なかなか来られないわね、と言って、一人でうなずいているのだが、鯛茶漬けのセットは、お昼のサーヴィスで割安になっているというわけではなく、どの時間帯でも値段の変らない三千円で、それに果物とゆで小豆のデザート二品を注文したから四千円になったわけで、昼の懐石コース二千八百円（デザート一品付き）を二人とも注文したのならともかく、夕方からのメニューには、四千五百円からの懐石コースというのがあるのだから、母親の言うことはおかしい、と夏実は思ったのだが、そのことを指摘すると軽い言いあらそいになるだろうと考えてやめておいた。それから、母親は新聞の投書欄に載っていた文章の話をした。

投書のなかの一つに、なんでもトルストイだったかプーシキンだったか、とにかくロシアの大作家の小説の有名な冒頭の一行というのが引用してあり、それは確か、と言って母親はハンドバッグから、ベージュの地に紫色の小花の散ったプリント地の表紙の新書判ほどの大きさの手帖を取り出し、ページを開いて、書きとめておいたのよ、気に入ったから、と言うのである。手帖を開いてから、ハンドバッグをさぐって、眼鏡を探しているらしいので、夏実は、さっきデパートで、眼鏡忘れてきちゃったから、値段と品質表示が読めないって、かあさん騒いでたじゃないのよ、と言った。よくいるのよね、スーパーで、そういう女の人。眼鏡忘れちゃいまして、申し訳ありませんけど、これ、なんて書いてあります？　なんて話しかけられることがある、アクリル15％、ウール85％ですね、お値段は正札一万六千八百円が八千五百円ですって、なんて読んであげるの。純毛じゃあないのねえって、そういう年齢の女の人って言うんだよね、そうすると、スーパーのオヤジの店員が、アクリルがこのくらい入っているのは純毛と同じだって言うの、おばあさんの方は、絶対違うって言いはって、純毛というのはウールが１００％のことだってケンカになっちゃったことがあったと話しているのに、母親は夏実の言っていることなど耳に入らない様子で、手帖を腕の長さいっぱいに離して読もうとして、ついにあきらめて、まあ、いいや、と言った。あたしが読んであげようか？　駄目、駄目、読まれちゃ都合の悪いことも書いてあるから、と母親は笑って手帖を閉じ、書きとめておいた言葉を思い出そうとして、額を左手の人差指のさきで、トントンと軽くたたき、そうそう、こんなんだったわよ、幸福な家庭はたいてい、どこも似たりよったりだけど、不幸な家庭はどのうちでも不幸の事情が違うっていうの、と言ったので、それは、かあさん、『雪国』とか『吾輩は猫である』とか『異邦人』の書き出しと同じくらい有名で誰だって知ってるのよ、トルストイの『アンナ・カレーニナ』だってこと、あたしだって知ってるくらいだもの、読んだことはないけどさ、と答えると、ふん、と言ってから、だから、と母親は満足気に言うのだった。幸福っていうのは、平凡で平穏無事でどこの家でも似たりよったりで、退屈ね。あたしはずっと専業主婦だったけど、でもね、ほら、よく新聞とか婦人雑誌の投書でね、まあ、たいてい二十代か三十代の専業主婦がさ、外でバリバリ仕事をして活躍して夫も子供もいる同性の方を尊敬したり、うらやましいと思ったりもするけれど、でも私は専業主婦やって夫と子供のために居心地の良い家庭を作って、それで幸福だって書いてるの読むとね、どう考えたって、負けおしみだって思っちゃう。負けおしみじゃないとしたって、わざわざ自分にそう言いきかせなければいられないわけだよ。だってそういう幸福って、どこでも似たりよったりの、退屈なものなのよ。でも、退屈のどこが悪いんだか、あたしにはわかんないけどね。退屈というのは、まあ、出来るうちが花なのよ、退屈しているひまもなくなったら、あんた、疲れちゃうよ。

それであたしもいいんだけどね、と夏実は答えたものの、やはり、どうにも自分の人生は退屈で平凡でつまらないという気持は、不満というのとは別に実感としてあって、とりあえず今日は、母親が、買ってやるよ、たまにはいいじゃない、と言うので、夫や子供の物も買わなければという気持にとらわれずに、ミルクティ色で前身頃全体にピンタックのある少しハイネックの襟のデザインの厚手の絹のブラウスを一枚買った。とても気に入ったし、母親も、どういうつもりなのか、上品だしエレガントで、イギリス風の午後のお茶なんかにぴったりの感じ、などと言ったものだったが、だいたい、どこに「イギリス風の午後のお茶」があると言うのだ？　それに店のスマートでセンスの良い売り子も、これでしたら、ボトムとアクセサリーで、結婚パーティーでも、コンサートでも、文句なしに通用いたしますわ、と言ったけれど、コンサートに一体、誰と行くのだ？　と言ってやりたい気持にもなるのだったが、その場は優雅に買物を楽しむリッチな奥様風に、そうだわねえ、と頷いていた。

ちょっと高すぎたかなあ、嬉しいけれど、と夏実は、薄紙に包まれて箱に入り、黒い布の紐の取っ手のついた紙袋に入っているブラウスにチラッと眼をやり、今度のせっちゃんたちとの食事会にこれを着て行くことにしようかなあ、と言ってみたものの、集るのはせっちゃんを含めて仕事をしている人たちばかりで——独身で母親と二人暮しの桃子ちゃんだって、一応はヴァイオリンの先生をして収入はあるのだし——そういう人たちの集りに、自分で働いたお金で買ったわけではなく、母親のへそくりの十年満期の定期預金についた利息で買ってもらった四万八千円のブラウス——高すぎたし、非実用的だったかもしれない、どうせだったら、合計して同じ値段になるはずのショートブーツとエスティ・ローダーのフルイション一壜と、フラノのパンツを買うべきじゃなかっただろうか——を着て行くのは、なんとなく気がひけるというもので、それについ勢いで買ってしまったものの、このブラウスに合うスカートなりパンツ、それから靴やバッグを持っていただろうかと八畳の夫の書斎に使っている部屋に置いてある洋服ダンスとロッカーの中の物をあれこれ思い出すと、どれもしっくりしたコーディネイトになるとは思えないし、ちゃんとしたコーディネイトをするためには新しく買わなければならない物があり、お金はむろん、マンションのローンや子供の学資預金や生命保険やらで自由に使えるわけではなく、それやこれやを考えると、いきなり、あたしも何か仕事を見つけようかと思うのよね、と母親に向って話しかけていて、母親は、まあ、そうしたければ考えてみるさ、でも、大変だよ、外で働くってのは、と、自分はそういう経験もないのに、そのせいで余計にそう思うらしく、首を振りながら答え、夏実は、そりゃあそうだろうけど、でもさあ、誰だってやってるじゃないの、何かしら、と言うと、カッコ良くて見栄えのする仕事というのは、無理だろうね、今さら、と言うのだった。

午後遅く家に戻ると、二人の子供は取っ組みあいのけんかをしている最中で、いったい何が原因だったのか、と二人にきいても、いつものとおりの、他愛ない原因だということは見当がつくものの、要領を得ず、お兄ちゃんが、と、だって、こいつが、という言葉を二人とも繰りかえし、お土産に買ってきたケーキは、それじゃ、おあずけね、と言うと、そりゃあないぜ、と声をそろえて言い、上の子は、ケーキだろ？　生ものですからお早くお召し上りくださいって、ラベルが貼ってあるはずだよお、おかあさん、と甘えた声を出し、下の子も、そう、そう、そう、と調子に乗るものだから、どっちにしたって、夕食の後じゃなければケーキは出ないんだよ、と言って、夕飯は何が食べたい？　ときくと、二人は、カレー、スパゲッティと口々に言い、上の子は、給食がスパゲッティ・ミートソースだったから、スパゲッティはゲエゲエだぜ、と弟の頭を小突き、何するんだよ、と、また小ぜりあいがはじまりそうになったが、うるさい！　今夜はロールキャベツに決ってるんだよ、とデパートの食品売場で買ったおかずだとは言わずに宣言すると、二人ともまだ小さい子供だから、決ってるならわざわざ訊くなよな、などと無愛想なふくれっ面で口答えはしないで、それならいいや、ところころ喜ぶので、まあ、これでいいのか、平穏と言えば平穏で、かあさんも言ってたけど、それがいつまで続くか、家内安全、商売繁盛、無病息災がいつまで続くのかわかりはしないし、ミッソーニのマークの書いてある白い箱の中で、乳白色のかさかさした薄紙に二重に包まれて、綺麗にたたまれた綾織り絹のミルクティ色のブラウスを、いつ、どういう場所で、何とコーディネイトさせて着るのかと考えると、なんとなく不満がつのるのだったが、ま、今日はあたしだけが贅沢しちゃったんだから、トマトケチャップ味のバターライスを星のかたちの型抜きで抜いて、子供たちを喜ばせてやるか、と思った。星のかたちに抜いたケチャップ味のバターライスに子供たちが眼を輝かせて喚声をあげるのも、もちろん、あと一年続くかどうかだってわかりはしない。

吉報

雑木林というのは自然林ではなく、植えられたクヌギとかコナラといった落葉広葉樹の落葉を肥料の腐葉土として使うために作られた人工林なのだということは、こっちに越して来てから家族で馬事公苑に出かける前に夫が本屋で買ってきた『身近な樹木ウォッチング』という本を見たから知っていた。公苑の敷地内にある良く整備されすぎていて面白味のない雑木林の散歩道に比べれば広さが違うとはいえ、目白の乙女山公園と似たりよったりで、乙女山公園の方が樹木の種類が多いのと地形に高低があってわき水の池がある分、散歩するのには面白い、と夫は言い、子供たちが、だって目白には馬はいないよ、馬がいるからこっちのほうがかっこいい、と主張すると、目白にも学習院の馬場に乗馬クラブの馬がいることはいると答えてから苦笑して、でもあれは近くで見られないからね、と言い足し、柵で囲われた砂利敷きの馬場にいた黒いのと茶色の二頭の、はじめて近くで眼にした馬の大きさに感心していた子供たちは、柵に足を乗せて身を乗り出しもっと近くで馬を見ようとしたのだが、砂利敷きの地面を軽い駆け足で走っていた黒い方の馬が、いきなり大きな頭と太い首を振りたてて歯を剝き出して――上唇が鼻の方にめくれあがって、おっかないけどおかしい顔になったよね、と後で子供たちが口々に言う――嘶《いなな》き、たてがみを振りたてた艶々した毛に覆われた首には太くて堅そうな血管が浮びあがり、嘶く声と首を振りたてる音と砂利を蹴る音が混りあった、体の大きな動物にふさわしい大きな音をたてたものだから、子供たちはびっくりして大あわてで跳びはねるように柵からおりて、父親と母親のところに走って来て、ああ、びっくりした、と照れたように笑い、少し離れたところにいた、老夫婦の奥さんの方が、あぁら、今日はお馬さん御機嫌が悪いのね、どうしたのよ、あんたは、と犬にするように話しかけるので、上の子は小声で、あの人、角砂糖かニンジン持ってきたのかな、馬が食べるところ見られるかな、と夏実に囁き、夏実もそれを期待したのだが、そういうことはなく、黒い馬は柵に首を擦りつけてから向うの方へ走って行ってしまった。

夫は、幼稚園の頃、浅間で観光客を乗せて馬子姿の男が引いている栗毛の綺麗とはお義理にも言えない馬を見て、それでも人を乗せるばかりの姿で立っている馬に夢中になり、絶対に乗りたいとねだって乗せてもらうことになり（股引とはっぴ姿の馬子が、はいよ、坊っちゃんと言って抱きあげて鞍にまたがらせてくれた）、馬の背中は大きくて幅があるから脚を開いてまたがっているのも案外大変で、皮だったのか紐だったのかよく覚えていないけど手綱を持たされて（もちろん、馬子が馬の引き綱を持っているわけだよ）、そこがひどく地面から離れた高い不安定な場所だということに気がつき、おまけに馬がやけにお尻を振るものだから振り落されるのではないかと怖ろしくなって泣き出してしまい、とうさんにはあきれられるし、かあさんには笑われた、という話をしたので、下の子は、馬っておっかないよね、大きいしさ、と真面目に怯え、上の子が、パパは臆病じゃねえか、と笑うと、それを隠して見栄を張ったりしないところがパパのエライところなんだよ、と夫は答え、そうやって自分の、生き方を教育しているつもりでいるらしかったけれど、やっぱり、夫はこれでまあ、なかなか、いい人なんだなあ、と夏実は思った。

マンションのすぐ近くにも取り残されたように小さな雑木林があり、それが武蔵野の名残りの自然などではなくて、東京の近郊農家の肥料のもとになっていたことは本で読んで知ったわけだけれど、それでもまだ近郊の農業が残っていて、キャベツや大根やネギの植わった畑があるのが、牧歌的だと思ったのも間違いで、ようするに税金対策というものなのだということで、空地にちょっとでも野菜を植えるというか育てておけば農地ということになって、税金が安くなるわけですよ、というマンションの管理人の説明でわかったのだったが、そこに野良猫がたくさんいて、不用猫の捨て場になっている、という噂もあり、夏実の住んでいるマンションの住人のなかに――弁護士をやっている独身の息子と二人暮しの五十六、七の女性――野良猫にエサを与える人がいるものだから、ますます猫が集るし、猫がふえてしまう、と言うのだ。

猫があんなに大勢集ってるとね、家のリリちゃん（ペルシャのメス、三歳）なんか好奇心が強いから、そこへ行きたがってね、ヴェランダの手すりにのっちゃってニャアニャアないて飛びおりようとするのよ、家は二階だから、あぶないし、それにサカリの時なんか、薄汚いおそろしいような野良猫が家のヴェランダに来てリリちゃんを誘うのよ、あたし、お湯をひっかけてやるの、たまったもんじゃありませんよ、野良猫にエサをやる人の責任よね、皆さん迷惑なさってると思うのよ、と話しかけられて、夏実は、はあ、と生返事をしていたが、雑木林を散歩していると、下草の間から、いろいろな柄の太った猫が飛び出したり、大あわてで子猫を口にくわえて走り出したりするのを見るのは可愛いらしくて、それに母猫の子育ての熱心さには感心もして面白かったし、特別に猫好きというわけでもなかったから、あえてエサをやろうとは思わなかったけれど、なにしろ、ネズミじゃなくて猫だから、ネズミ算式に子供があっという間に増殖するということもないだろうと思って、リリちゃんという猫を飼っている整形美人という噂の奥さんの言いぐさには腹が立ち、よほど、猫に避妊手術をなさったら？　と言ってやろうかと思ったが、同じマンションの住人と波風立てるのも面倒だし、気の重いことになる、ということは見聞きする噂で知っていたから、大変ねえ、と、どっちつかずの返事をし、東大法学部在学中に司法試験に受かった息子が弁護士をしているというのが自慢だという噂の猫ババア（と、マンションの子供たちは呼んでいる）が、あたくしはこのマンションの契約書に書いてあるペットを飼ってはいけないって項目を守って大好きな猫を飼わないでガマンしてるから、せめてノラちゃんたちにエサをやって猫を飼ってる気持になってるの、本当は生節《なまりぶし》とか魚のアラの煮たのをやりたいけど、ハエが来るとか生臭いという苦情もあるだろうと思って、ドライフーズをやってるし、区で半額を払ってくれるから、ノラちゃんたち何匹もに避妊手術もさせましたよ、子猫のもらい先だって見つけて飼ってくれる人にもらっていただいたりもしてますよ、かあいそうな子たちを増やすことないものねえ、それが、あの方、契約違反で猫をお飼いになってるのよ、なんで、あたくしが文句を言われる筋合かしら？　法的にだって、絶対、あたくしのほうがねえ、と言うのにも、そうですねえと、あやふやに答えている。そうですねえ、猫は可愛いですもんねえ。

　そういった騒ぎになんとなく巻き込まれてうんざりしていると、ダイレクトメールや夫が定期購読している「サイエンス」と「ネイチュアー」と「ナショナル・ジオグラフィック・マガジン」（最近では封も切らずに書斎と称する部屋に積み重ねてあるだけだが）と一緒に、羽をつけたキューピッドがピンクのハートに矢を命中させている絵と「吉報‼」というピンクの文字が大きく印刷されたうえにはがきの下の方には駄目押しのように、ピンクでＨＡＰＰＹという文字が、一文字ずつ向きをかえて踊るように並んでいるもちろん横書の、夫宛のはがきがとどいた。

結婚♡住所変更のお知らせ
前略　中村康彦と渡井紫織はこの度、めでたく結婚いたしましたので、ここにご報告申し上げます。式、パーティーなどはひとまず省略。とり急ぎ、新居の住所をお知らせいたします。どうか、今後ともよろしくお願いいたします。草々

手書の、いかにも若い娘らしい丸っこく小さな文字で、「アルバイト中はお世話になりました！」と書き加えてあったので、夫が帰ってきた時、あなたに吉報がとどいているわよ、と言いながらはがきを差し出すと、ちらっと見て、なんだクイズにでも当ったのか？

と言い、文面を読んで、へえーっ、紫織ちゃん、結婚したのか、と感にたえぬ、という声を出し、夏実は、「紫織ちゃん」という呼び方と、はがきの文面とデザインにあきれない夫にむかむかして、自分たちで吉報なんて言うの、変ねえ、ただ、結婚したっていうだけのことじゃないの、と言った。

若い人たちのユーモアなんだよ、むしろ、自分たちの結婚を茶化して客観視してるんじゃないかなあ。それに、これパソコン使って自分で作ったんだろ、センスはともかく、ずいぶん使いこなせるようになったよ、アルバイトに来た頃はまったく使えなかったんだから。式やパーティーなんかを省略したのも、若い研究者らしくて好感が持てるけどね。そうかしら。そんなら、あたしたちの時もそうすればよかったじゃないの。それとこれとは別だよ。彼女はまだ大学院生だし、相手の中村君は編集者をやめてフリーライターやってるって言ってたから、金があるわけじゃないだろうし、賢いやり方だと思うよ。賢い？　あっさりしてるし、ユーモアがあっていいよ。そうかなあ、あたしは、いやね、こういうの、無邪気なナルシスト同士の結婚だってことはわかるけど？　押しつけがましいのよ、早い話、結婚をおめでたいと思ってない人だって世の中にはいるわよ、吉報って、受け取った人にとって、いい便りということなんじゃないの？

だって、死亡通知もらうより、生産性の高い、おめでたい知らせだよ、と夫は言い、そう言われると、何言ってるんだとなおさら腹が立って、それでも充分に夫をへこましてやったという実感のあるぴったりした言葉で反論出来ないまま、夫が親し気に、ちゃん付で言うのを、なにが紫織ちゃんよ、と夏実は思い、自分が結婚した時の、おめでとう、おしあわせにね、という友達や家族や知人の言葉に、素直にうなずいて微笑みながら、ありがとう、と、くったくなく答えていた自分のことを、ふと思い出しもしたのだが、それはそれであり、もちろん、不幸になるために結婚したわけではないのに決ってはいるけれど、おしあわせにね、と言われても、それはまあ、平穏無事にせいぜい楽しくね、という程の意味だと思っていたし、夫の、ぴりぴりして神経質なところのないのんびりした性格とか、男ぶってえらそうに振舞わないところとか、美点や好きなところがあったからこそ結婚したわけではあっても、そう無防備にハッピーと手放しに思ったわけではなかったし、もちろんあたりまえの話だが、愛の勝利に酔いしれるとか官能に身をこがすといった恋愛的なことは何一つなく、結婚前にむろん性交はしたけれど、それが圧倒的によかったというわけでもないけれど、すくなくともこれまでに知っていた男との性交に比べれば（と言っても、二人しか夫以外の男を知っているわけではない）、自分の官能のありかが全身的なものだと実感できたような気がしたし、そのうえに、幾つかの性格上の美点と、なんとなくウマの合うところがあって、夏実が小学生の時作文に、大人になったら小鳥屋か雪ケ谷のおじさんのようになりたい、と書いたことを話すと面白がったことからも言えることで、ぼくは雪ケ谷のおじさんのように絵も描けないし、オカリナも吹けないし、それに変人でもないし、一緒にブラブラ遊んでるってわけにもいかないんだけど、結婚してくれる？　というのがプロポーズの言葉で、その後に、でも、きみを幸福にしてやれると思う、とかなんとか付け加えるべきところを付け加えなかったくせに、よく、こういう結婚通知を気恥しいと思わないでいられるものだ、と夏実は思い、そういう夫の無意識のカマトトぶりがいやなのだと思い、何しろ、そんな結婚通知を出したわけではなく、目白通りの小さい活版印刷屋で印刷例文見本帖を見て、時候の挨拶からはじまるごくありふれて無難な文面を選んで印刷してもらったのだし、第一、来年で十年目になる結婚がそんなにハッピーでいいものだなどとは思えないし、積極的にいやだとまではもちろん思わないけれど、すくなくとも、結婚通知のはがきを用意した時だって、アルファベットの文字が踊りだすようにはハッピーじゃなかったし、もっと、冷静だったわね、と言い、午前中に集金に来た新聞配達の男の子が、よかったらお使いください、と毎度同じ決り文句を口にして、古新聞回収用の紙袋と一緒に置いて行った「生活便利帖」というカラー印刷の小冊子に載っていた、慶弔のマナーという記事のなかの「結婚記念日と贈り物」という一覧表のことを思い出して、夫の友人夫婦が結婚祝いにくれたイタリア製の、ＭＯＭＡに永久展示されているという硬質プラスチックのモダニズム・デザインの黒いマガジンラック——今まで住んでいた二つのマンションの部屋には全然ぴったりこなかったので使っていなかったのだが、今度のマンションの部屋の感じにあったのがバーゲンセールでとても割安で買えたダイニング・テーブルとも、部屋全体とも調和するのでようやく使うことになった——から、それを取り出し、声に出して「結婚記念日は、いわば一家の創立記念日。夫婦で贈り物を交換したり、ちょっと気分を変えてレストランへでかけたり、お二人だけの小旅行など、毎年の家庭行事として、素敵な結婚記念日を工夫してみてはいかがでしょう」と読みあげ、あたしはこれを読んでつくづく思ったけど、結婚というのは努力しなきゃ維持出来ないものなのよ、記念日化させて記憶しておかなきゃなんないのよ、結婚したってことを、と言った。

一年目、紙婚式、ふさわしい贈り物、紙製品（手帖、アルバムなど）、二年目、綿婚式、綿製品（ハンカチ、スカーフなど）、三年目、革婚式、革製品（バッグ、財布、靴など）、四年目、書籍婚式、本、五年目、木婚式、木製品（苗木、箸、インテリア類など）、六年目、鉄婚式、鉄製品に類するもの（鍋、フライパンなど）、七年目、銅婚式、銅製品（花瓶、マグカップなど）、八年目、青銅婚式、家庭電気製品、九年目、陶器婚式、陶器類（皿、コーヒーカップなど）、十年目、錫婚式、錫製品に類するもの（鍋、ケトル、スプーンなど）、十一年目、鋼鉄婚式、台所用品、十二年目、絹婚式、絹製品（ブラウス、スカーフなど）、十三年目、レース婚式、レース製品（ハンカチ、テーブルクロスなど）、十四年目、象牙婚式、印鑑・箸など（※アフリカ象の保護の為、象牙品の取引は現在、原則的に禁止されていますので、難しいかもしれません）、十五年目、水晶婚式、アクセサリー、時計、置物、毎年なのはここまでで、次からは五年ごとになるのよ、二十年目、陶磁器婚式、陶磁器製品（茶器、ティーカップ、コーヒーカップなど）、二十五年目、銀婚式、銀製品（アクセサリー、銀食器など）、三十年目、真珠婚式、アクセサリー（真珠を使ったものなど）、三十五年目、珊瑚婚式、アクセサリー、置物、四十年目、ルビー婚式、アクセサリー、宝飾品、四十五年目、サファイア婚式、アクセサリー、宝飾品、五十年目、金婚式、金製品（アクセサリー、杯など）、五十五年目、エメラルド婚式、アクセサリー、宝飾品、六十・七十五年目、ダイヤモンド婚式、アクセサリー、宝飾品、と、こうなってるわけよ、何が言いたいのかっていうと、なんでこうまでして記念日にして、結婚していることを確かめなきゃなんないのかってことなんだけど？　で、そのハッピーな新婚さんだけど、お祝いをしなきゃいけないんでしょ？　この記事に、結婚祝い（披露宴出席）のめやす、三和銀行ホームコンサルタント調べ、というのも載ってるけど、会社の同僚で二万円が相場よね、パーティーがないんだから半額にして、それ、あんたの小遣いから出しといてよね、と言ってから、少し間を置いて、でもね、と夏実はビールのプルトップを引き上げながら、こういう結婚通知って、はしゃぎすぎじゃない？　馬鹿みたいじゃないの、と言った。はっきり言って馬鹿よ、みっともない。

いいじゃないの、はしゃぎすぎだって、当人たちの幸福ぶりが伝わってくるようで、と、夫が、とりなし顔で言い争いを避けて丸くおさめようとするものだから、ビールを自分のコップに注いで一息に飲んでから、式やパーティーはとりやめて新居の住所を知らせるというのは、もちろん好感が持てるわよ、それだけだったら、さしずめ、知的とでも言うんでしょうさ、この人たち離婚のお知らせもこうするわけ？「悲報‼」ってやるわけ？　ブルーのハートが真ン中でちぎれてる絵を描いてさ、親が死んだら「訃報‼」って書いて、天使が泣いてる絵でも描くわけ？　と腹立たし気な口調で言うと、お前、もう酔っ払ったのか、と、これ以上の議論は御免だという調子を冗談にまぎらわせながら口にするので、夏実は、馬鹿みたい、と言いざま立ち上って六畳の部屋に入り、居間と六畳の間のふすまをぴしゃりと閉め、顔を見るだけでもムカムカする、と小声で一人言を言っていると、風呂から上ってきた下の子が、あれ、ママは？　パジャマが出てないよお、パジャマ、パジャマ、と、かん高い甘ったれた声で上機嫌にはしゃぎ、よしっ、パパが着せてやるよ、パジャマはきみの部屋のタンスの中じゃないのか、と口にしながら夫が立ち上る気配がした。

猫騒動

少し肥満気味で父親似の上の子が鉄棒から落ちて——運動神経の鈍いところが似ているし、妙にイコジなところも似ている、と夏実は子供に対して腹が立つと思うのだ——骨折にまでは幸いいたらなかったものの、頭から逆さまに落ちたものだから、顔を庇おうとして手を地につき、肉づきがいいのに骨は細いから体重の重さで、手首がぐにゃっと思わぬ方向に曲って捻挫し、手首が笑っちゃう程腫れあがり、近くの外科・整形外科病院に通院することになったのだが、病院に行ったら待合室で、と息子は、帰ってくるなり、眼をまん丸にして、ママ、ママ、このマンションでさあ、ほら、でっかい白い猫飼ってるチョー派手なおばさんいるでしょ、声でわかったんだけど、ぼく、おバケかと思ったよ、スゲエんだぜ、顔の半分が紫色に腫れあがっちゃって、SFXみたいなんだぜ、と言った。

と、言うんだけど、何なのかしらねえ、と夫に言うと、さあ、毒虫にさされたのか、うるしにかぶれたのかなあ、と答え、おにいちゃんは弟に、自分の見たおばさんの顔のSFXぶりをこと細かに説明するので、夏実は、いけません、おばさん病気なんだから、かわいそうじゃないの、としかったものの、顔の半分が紫色に腫れあがったんじゃあ、あの美人の奥さんとしては気も狂わんばかりでしょうねえ、と夫に報告した時の口調には、「美人」と「気も狂わんばかりでしょうねえ」という部分に、かなり強目にアクセントが置かれていて、夫はそんなにデリケートな性格ではなかったけれど、アクセントには気がついて、苦笑し、そんなに美人なの？　と言うと、夏実は、そりゃあ、もう、と勢いこんだ。あの眼と鼻はもう絶対整形だって言う人もいるのよ、弘田三枝子とか九重なんとかと、おんなし眼と鼻だっていうの、二昔まえの整形だって、ああいうの、今、流行らないって。顔にも流行があるの？　あたりまえよう、そう簡単にとり替えられるものじゃないけど、流行はあるわよ、それに、七階の平野さん（御主人がほら、週刊誌の編集部にいるっていう）の話じゃあ、その美人――ダンナさんは証券マンだとかって話だけど――銀座のクラブにいたんだって、よくそのクラブに小説家とのつきあいで行ってたから、マンションの前で会ってびっくりしたって、お高くってやな女らしいのよ。と言っても、ふうーん、と夫は気のない返事をし新聞のスポーツ欄を読みはじめるので、期待はしていなかったものの、近所の噂話くらい興味を持ってきけばいいじゃないの、と夏実は言った。

翌日、駐車場のわきのゴミ置場で、息子たちの言う〈猫ババア〉と平野さんの奥さんと管理人の三人が顔をくもらせて腕組みしながら深刻そうにうなずきあっているのに出くわしたので、どうしたの？ と声をかけると平野さんが、それがねえ、と眉と声をひそめて、十日前だって言いましたよねえ、と〈猫ババア〉の中村さんに向って言い、中村さんが深刻そうにうなずくと、平野さんが続けて、そこのね、林のなかで、猫が死んでたんですって、それがねえ、普通の死に方じゃないの、怖ろしいわねえ、と言ったのを中村さんがひきとり、声を震わせて、あの女がやったのに決ってる、と言い、灰色のユニフォーム姿の気弱そうな小柄な管理人は困惑して、まあ、はっきり犯人がわかってるわけじゃあないんだし、このあたりにも、ほらケラチョ狩りとか言ってホームレスに乱暴する中学生がいるって話きいたことありますから、そういう奴等の仕わざってこともあるかもしれないし、と語尾をにごし、平野さんは、でも、と管理人を、きっと見て、ここの住人の人で、区の保健所に野良猫の駆除か捕獲をしてくれるように電話をしろって言う人がいるって、言ってたじゃありませんか、野良犬なら保健所で捕獲するけど野良猫についてそういうことは保健所ではやらないだろうって答えたんだって、話してたじゃない、と言い、中村さんはもう眼に涙を溜めて、熱湯をかけられたんですよ、顔半分と背中の毛がすっかり抜けて、片眼がウズラの卵みたいに飛び出しちゃって、おとなしい野良ちゃんだったんですよ、キジ柄でしっぽの長い、緑色の可愛い眼でねえ、と言葉をつまらせ、平野さんは、怖ろしいわねえ、と、もう一度、溜息をつき、あの人、自分ちの猫を誘いに野良猫がヴェランダに来ると、お湯をひっかけてやるんだって、いつも言ってたじゃあないの、ねえ、奥さんだって、それ知ってるでしょう？　ええ、まあね、と夏実は答えてから、思わずと言うか、半ばは意識的だったのかもしれないが、昨日息子が病院で見てきたという話をしてしまうと、まあ、と平野さんは眼を見開き、管理人は、うーんとうなり、中村さんは眼を、ギラギラという言葉がにつかわしいような具合に光らせ、平野さんは、そういえば、あの人、ずっと見かけなかったわ、昨日、ちょっとすれ違ったんだけど、ツバの狭いこんなふうの——と両手を帽子の形を説明するように動かして——ネズミ色のスーツと同じ材質《もの》で出来た帽子に黒いヴェールをたらしてね、まあ、レトロなファッションだって感心したんだけど、そうお、そうだったの、大変ねえ、お顔のことだもの、と言ってから、少し間をおいて、ねえ、ねえ、と声をひそめた。

　きっと猫のたたりよ。

　うーん、と曖昧な調子で気弱そうに管理人。

　そうだわね、と強く断定するように中村さん。

　絶対よ、たとえよ、整形手術の後が（フォルマリンだかシリコンだかを入れるんでしょ？　それは、あなた、豊胸手術のことなんじゃない？　あの人のはお顔ですもん）おかしくなっちゃったのにしてもよ、やっぱり、猫のうらみが関係してるわよ、ねえ、奥さん？　と平野さんは言いはり、そうだわね、と、硬い表情で中村さんがうなずき、管理人は、もじもじしながら、その話は、まあ、ここだけのことに、ね、野良猫問題では他の人からも文句が出てるし、悪い噂が立つと困るしね、困るんですよね、その話は、ここだけのことに、と言うのだが、もちろん、そういうわけにはいかない、ということを充分知っているのだ。

そういうわけだったのよ、大変だったんだからあ、と、その夜、夏実は子供が眠ってしまってから、夫に報告した。たたりはともかく、あたしもね、やっぱりあの人が猫に熱湯かけたんだとは思うの、だいたいね、あの人邪悪な顔してるもの、片手鍋にお湯をわかして、煮えたっているのをヴェランダまで持っていってひっかけたのよ、どうかしてるわよ！　あたし、もう、あの人と口をきかない、と夏実は涙声で言ったので、あんまり、かかわりあいになるなよ、と、夫は言いはしたが、ひでえことするなあ、と珍しく憤然とした調子で、生真面目に、しかし、猫のたたりということはないと思うよ、小学生の怪談ばなしじゃないんだから、と付け足した後で、でもなあ、案外それはあるのかもしれないという気もする、と言うのだった。

と言うのもさ、と夫はウイスキーの薄めの水割りを自分で作りながら話しはじめた。子供の頃、祖母にきかされた話を思い出したからで、おばあちゃんは中学の英語教師の娘で県立の女学校を出ているから、（その頃から学校にプールがあったというから、長野はやっぱり教育に熱心だったんだね）で、まあ当時の田舎ではインテリ階級に属していたことになるのだけれど、猫のたたりについては確固たる信念をもっていて、小学生だった時分というのだから、明治の末か大正時代の話のわけで、近くに新潟の柏崎出身の夫婦のやっている魚屋があり、この魚屋というのが猫のたたりを受けた家だ、といつも言っていたのを、ずっと忘れていたのに、今突然思い出したよ、たたりかどうかはともかく、こわかったことはこわかった、と夫は笑った。

自分が子供だった頃には、冷蔵装置の付いたガラスのショーケースのあるごく普通の魚屋で、その家の女の子とは、同級生だったし——色の白い瓜実顔の美人の子で、新潟美人の系統だね、成績もクラスで一番、ぼくはいつも二番だった——半信半疑というより、三信七疑くらいの気持ではあったのだったけれど、ばあさんの話では、その時分は魚の入った木の箱を三和土《たたき》に並べた暗い汚ない店だったものだから、英語教師の父親は衛生面に問題があるという理由でそこから魚を買うことを妻に禁じていたというのだったが、そこのおかみさんというのが男勝りの気性の荒い鬼婆で、店の魚を盗む近所のドロボー猫を毛嫌いしていて、魚屋なのだから、アラとしても商売物にならない魚のクズの切れっぱしを、捨てるかわりに猫たちに投げてでもやっていれば、そもそも魚を猫に盗まれることもなかろうはずなのに、猫と見れば目の敵にして水をかけて追っ払うから、かえって猫に魚を狙われる道理で――なんで、それが道理なのかわからないのだけれど、ばあさんは大真面目にそう言うのだ、と夫は説明する――ある日、店から見事な鯛を咥えて逃げようとしている大きなドロボー猫――と言って、夫は、ドロボー猫という古風な言葉が、かならずしも時代劇映画や時代小説だけではなくテレビドラマの中で、夫の愛人に対する妻の立場からの罵倒語として使われることを思い出し、実際問題として、妻というのは夫の愛人に対して、そんなこと口にするだろうか、と言うので、夏実は話が横道にそれるのに少し苛々しながら、猫が大嫌いな人なんじゃないの、そういう慣用句使う人って、と答えると、夫は、そうだろうね、と頷き、そういえば以前《まえ》に新聞の投書欄で読んだのを思い出したけど、あれは、なんだろう、子供の教育という特集だったのだろうか、四十代の後半の主婦が、子供の頃父親の言いつけるちょっとした用事、灰皿を台所で取りかえてくるとか新聞を新聞受けから取ってくるといったことをやると、ネコマシ、ネコマシと言って頭を撫でてくれるので、ほめられているのだと誇らしく思って、いそいそと用事をたしていたところ、ある日、ネコマシという言葉が、猫よりマシという意味だと知って、幼い心をひどく傷つけられて父親を恨んだ、大人の心無い言葉が純真な子供の心を傷つけることがある、と書いていたのを読んだけれど、これも猫が大嫌いな人のケースかもしれないな、しかし、このケースがアメリカなんかだったら、心理的幼児虐待ということになっちゃうのかもしれない、と珍しく饒舌に喋り、それを読んで思い出したのは、幼稚園くらいの時だったか、親父に、同時に二つとか三つの用事を言いつけられて、たとえば、新聞を新聞受けから取って来て、ついでに灰皿とマッチをお勝手でおかあさんにもらって来られるかい、なんて言われて、マッチを忘れたりするだろ？　そうすると親父は、マッチを忘れたということを指摘してから、猫よりマシだね、と言ったものだけど、これは言ってみれば、注意力が足りないということを暗に言ってたわけで、そう言われると恥しい気持にはなったけれど、最初からほめられているとは思えないのだから、傷つきはしないし、そもそもが、猫よりマシという言い方は、ちょっと皮肉混りのおこごとのわけで、投書のケースは、これは父親が言葉に対して鈍感だったということになるわけで、本当のところは子供をほめてるつもりだったんだろうから、妙な話だよ、と言うのだったが、あたし、猫の手も借りたい、というのは知ってたけど、そういう言葉があるのはじめて知った、でも、それはそれとして、魚屋のおばさんがどうしたのよ、猫のたたりのこと話してたんじゃなかったの？　と夏実は話を元に戻すように質問し、あたしはね、あったほうがいいと思うな、あるべきよ、やっぱり、と言った。

見事な鯛を咥えて逃げようとする猫に、魚政のおかみさんは商売用の出刃包丁をはっしと投げつけ、魚屋の出刃包丁は当然よく研がれていて切れ味がいいから、それが猫の後肢の一本をスパッときれいに切ってしまった、と、おばあちゃんは話したのだったが、今にして思えば、出刃が猫の腹に突きささらなかったのは偶然だったにしても不幸中の幸いで（その猫は三本脚で何年か生きていたそうだから）、それからしばらくして、おかみさんが二階の窓から落ちて――窓の手すりの木が腐ってもろくなっていたのだそうで――脚の骨を折り、ちゃんとした病院に行けばいいものをお金をけちって、柔道師範もやってる腕が良くないという評判の接骨院に行ったものだから、うまく直らなくて一生足を引きずって歩くことになって、近所では、猫のたたりだと噂をしていたところが、戦後になって今度は孫が、物干し台に小屋を作って飼っていたきれいな白いレース用の鳩を猫が狙うのに腹を立てて空気銃を撃って追いちらしていたところ、たまたま弾が当って猫を殺してしまい、その猫も確かに二、三羽の鳩を殺してはいたらしいのだったが、猫の飼主は鳩の弁償はしたはずだし、第一、町中《まちなか》で空気銃を撃つなんてどうかしている、と近所の人たちは息巻きはしたけれど、魚屋のヒロポン中毒の孫息子が中学の時から不良で、ヤクザとつきあいがあるとか、つきあいどころか組員なのだという噂もあったから、表だった騒ぎにすると、今度は猫ばかりか、こっちが撃たれちゃうと怖れて直接文句を言うようなことはしなかったのだが、その孫息子がヤクザの抗争で猟銃で撃たれて死んだのは——地方新聞には大きな記事と写真が載った——もちろん言うまでもなく猫のたたりであり、撃たれた場所が猫とそいつとでまったく一致していることからも証明されることで、あの魚屋は猫のたたりを受ける家系なのである、と言うのが、おばあちゃんの話だ、と夫は語り、夏実はふうーん、なるほどねえ、と溜息を吐いた。

何が猫のたたりなのか、わかったようなわからないような妙な気分だったが、嘘というかホラ話をしているわけではなく、まあ確かに子供の時分に祖母から聞いた話なのだろうが、夏実は夫から初めて聞く話で、で、それ、信じてたわけ？　たたりだって、子供の時にさ、と訊くと、むろん事実を確かめたわけではなかったし、考えてみれば、親父にその話の真偽を訊いてみようと思ったこともなかったような気がするけれども、この話のせいで、ぼくはきみと結婚することになったのだった、と言い出した時には、目白の実家にあったお中元を、父親がウイスキーを飲まないのでもらってきたバランタインの十二年物の水割りの三杯目——だんだんウイスキーの量が濃くなるのだ——がグラスに残り少なくなっていたから、酔っぱらって何訳のわからないこと言ってるのよ、と笑うと、酔っていないとは言わないけれど、実はそうだったと今気がついたこのことは事実だ、と言い、そもそも、極く平凡に、新郎新婦の友人同士として、メキシコ料理屋（店の名前は忘れてしまった）での結婚披露パーティーでぼくたちは知りあったわけだけれど、帰りの方向が同じだというので一緒のタクシーに乗りあわせることになった、というだけではなくて——もちろん、それも大きな理由の一つではあったと思うけれど——それより少し前に、アパートの入口の前の植込の中でうずくまって震えてないていた見るからに具合の悪そうな小猫を見て、ついその猫を部屋につれて帰り、どこがどうとは判断がつかなかったけれど病気だということはわかったので近所の動物病院に連れて行くと、前肢を骨折しているのがわかり、体も弱っているから二、三日入院させたほうがいいと言われていた時で、小猫をひろって助けたのはよかったけれど、ペットを飼ってはいけないという契約のアパートで、おまけに留守がちの一人暮しで、骨折の直った猫を飼うのはどうしたものかと話したら、きみが、あっさりと打てば響くタイミングで、それじゃあその猫は家で引き取る、ひまを持てあましてるお節介やきの母親がいるから、それの遊び相手に、と言って、なんとまあ太っ腹な女性《ひと》だろうと感動してそれから交際《つきあい》がはじまったわけで、それというのも、猫には親切にしなければいけないということを祖母の話から学んでいたおかげというべきであり、もしあの猫がいなかったら、あの時、渋谷からのタクシーのなかで何を話していいのかわからなかったから――まあ、それはそうね、こっちだって友達の結婚式でさ、新郎の友達に紹介されて、あれこれ質問したりすると、結婚相手を物色してるように思われるんじゃないかって警戒するもんね、またさあ、ミエミエで物色する女って、いるんだよね――猫がまさしく縁結びだったということになる、と言うのだったが、それは確かにその通りではあったけれど、夏実としてはその時、あたりまえのことながら結婚相手を見つけたという気持は少しもなく、テレビのコマーシャルで猫が登場すると、うわーっ、見て見て、可愛いねえ、猫、飼おうかなあ、今、猫って流行ってるんですってよ、と夏実に話しかけるというか、返事を期待していない一人言のように言う母親のことをふと思い出して、それじゃあ、その猫、家の母にプレゼントしちゃいます、ヒマな人だから、猫飼いたいって言ってたし、となんとなく言ってしまっただけで、相手は、タクシーの隣の席――助手席の後――で、きゃっ、というような声をたて――びっくりと喜びの声だったわけだ――ええっ？　本当ですか、よかったなあ、猫だって、やっぱり、ちゃんとした家庭で飼われたほうが幸福ですもんねえ、としんみりした調子で言い、翌々日の日曜日の午後、猫の飼い方の本とエサのドライフーズと、耳の垂れた鈍重そうな小犬のトレードマークの絵の印刷してあるハッシュパピイのウォーキング・シューズの箱（サイズは27・5）にタオルを敷いた中に小猫を入れたのを、そっと両手で持って訪れ、紅茶とケーキを食べて帰った後、白と黒のブチ柄でまだギブスのとれていない怯えておとなしい小猫を膝に乗せて撫でていた母親は、どう？　と夏実に向って言い、「どう？」という短い質問の意味はすぐわかったので、ふん、という様子で無視していると、じれったそうに、優しいし、いい人じゃないの、あんたが連れて来た人のなかじゃあ、あたしはあの人が一番いいと思う、とさっさと先走り、来週の土曜日、猫の様子を見がてら食事に来るようにと誘っておいた、と鼻をうごめかして、したり顔をした。

ギブスを付けているのでギブちゃんと呼ばれることになった小猫は、野良猫生れによくあるように身体が弱く、骨折が直った後には感染症の鼻炎と下痢がなかなか良くならず、結局、六ヵ月もたたないうちに死んでしまったのだったが、その間に二人は婚約し、母親は、ギブちゃんがあんたたちの縁結びだったのに花嫁姿もみられずにねえ、と泣いた。銀行の調査やら冠婚葬祭のマナー本などによると月収の三ヵ月分から六ヵ月分の値段ということになっている男性から女性に贈るエンゲージ・リングはいらない、けれど、結婚式は普通に挙げることになり、本当は勤め（親類のコネで入社した理容師専門学校の事務）も面倒臭かったのでやめたかったものの、それでもとりあえず子供が出来るまでは働くことにしたのだった。

それから一ヵ月程して、顔の腫れがどうなったのかは誰もくわしいことを知らなかったのだが、村上さん夫婦はリバーサイドの高層マンションに引っ越して行ったと、平野さんと中村さんは、引っ越しの仕方があんまりそそくさというかあわただしかったのは、あのことに怖れをなしたからだと思うわねえ、と夏実に会うと小声でささやき、そこには幾分か、事件を大仰にマンションの住人たちに言いふらしてそれが噂になったことへの気おくれの調子が混っているのかと思ったのだったが、そういう気持はないらしく、いなくなって、ほんとにせいせいしたし猫たちのためにほっとした、と、本当にほ、っ、と、し、たという様子で言うので、まあねえ、と当り障りなく答えたものの、夏実もほっとしたのは確かだった。

夫はストレスの解消に案外いいと言って、息子たちが夢中のファミコン・ゲームもやるし、子供たちはインターネット社会で生きることになるのだから、パソコンを使うようになるのは当然のことなのだから、本当は最初からパソコンでゲームをやったほうがいいのだ、などとも言うのだが、子供には子供のつきあいというものがあるから、クラスで流行っているゲームをしたいわけで、父親の言うことなど、もちろん理解できるわけはなくて、ママはゲームがてんでわかってないけど、パパはわかっていて自分たちの味方だというつもりでいい気になっているのだったが、夏実はだいたいあの馬鹿みたいに単調な電子音のヒステリックに聞える高い調子のメロディーが大嫌いで、月経の前で気持が苛立っている時など、あの音を耳にすると頭の芯がピンピンしてきて、しだいに胸がムカムカしてくる。月経が始まってしまえば苛立ちもとりあえずはおさまって、ファミコンの音も、テレビの中のヒステリックなどんちゃん騒ぎの音や日常的な様々な騒音のなかに機械と電子の騒音の一つとしてまぎれて、それだけが特別に苛々するというわけでもないのだが、月経前緊張症と診断される程ではなくて、子供の頃からの掛りつけの医者は夫婦で、婦人科、内科、小児科、神経科となんでもこなして、風邪をひけば、暖かくして、テレビを見たり本を読んだりしないで寝ていろと言い、食べすぎで胃の具合が悪ければ、ギョーザやハンバーグといったものを食べないで、素うどんを食べているように、と言って三日分の薬をくれるだけで注射もしないのは、それはそれでいいとしても、ひどい生理痛を訴えても、それはメンスを、いやだ、いやだと思っている心理的影響ということもあって実際以上に痛みをひどく感じるのだ、という生理痛以外の痛みを訴える患者には決して通用しないだろうと思われる、古風かつ性差別的な学説を喋って、鎮痛剤と精神安定剤をくれるだけで、いろいろと読んでみたりした感じでは、どうも全ての婦人科医というのが結局そう考えているように思えるのだが、生理痛も更年期障害もしばらくの辛抱で、時間がたてば自然になくなることははっきりしているのだから、重要なのは、前向きに物事に取りくむ生活意欲というか気持の持ち方だ、ということになるらしく、それはそうかもしれないけれど、だいたい、公立の中学でもそうだったし、私立の女子高校でも、保健の女教師の言うことは同じだったのだが、皆さんたちの年頃ではタンポンは使うべきではない、と言い、せっちゃんは、それは膣というのはいやしくも男根が入るか赤ン坊が出るかという神聖な場所なのだから、他の物を——まして未通の娘が——入れてはいけないという男根主義を内面化してる考え方なのだと息巻き、やだね、オムツみたいな物をあてて暮すのはと公言してはばからずタンポンを使っていて、クラスの女の子の中には、普通、処女ではタンポンを使わないと批難とも尊敬ともつかない調子で、さもあきれたといわんばかりにヒソヒソ噂する連中もいたのだったが、せっちゃんに奨められてタンポンを使うようになって夏実は、生理痛はともかく、あの股の間に挟むというか、あてがうナプキンのうっとうしさと、こもったような生あたたかい血液と分泌液の臭いとサニタリー・ショーツから解放されて、世界が変ったと言っても決してオーヴァーだとは思えないよ、と報告すると、せっちゃんは、娘がタンポンを使用していることを知った母親が、こんな物を使うなんて、あんた、まさか、男を知ってるんじゃないの？　とまるで、あたしの机の中から、コンドームでも見つけたような形相で問い詰めるので言い争いになり、情無いやらあきれ果てるやらで、まったくババア、総括してリンチしてやりたかったよ、と連合赤軍事件で流行した言葉を使って怒り狂い、夏実もタンパックスの箱を見つけた母親に、へえーっ、あんた、よくこんな物使えるねえ、普通は結婚してる人しか使わないのに、勇気があるよ、と嫌味混りにあきれられ、まさしく、ふしだら扱いで、二人して、母親と高校の女性教師のメンスと膣と性交に関する保守的と言うか不浄意識に頭に来たことを思い出し、思い出すとまた頭に来るのだったが、月経に関して言えば、ジーパンを二枚重ねてはいているような感じの腰の重苦しい鈍痛と頭痛や苛立ちは、ここのところ二年程の間にひどくなって来たのは確かで、そうなってみると、全ての女性が一度は経験することなのだから、と思って、雑誌や新聞で目にするたびにかかさず読むことにしている更年期についての記述を思い出し、更年期になると、ああいった頭にピンピン響くような苛立ちや頭痛が月経前緊張症よりも長いこと続くことになるのだろうか、と想像して、なんとなく不安になってしまったりもするのだった。不安というよりも、不公平感と言ったほうがいいかもしれない、と、生理期間中に浮腫《むく》みの出る顔と手のはばったい感じを意識しながら、もう何もかも放り出して一日中ずっと眠っていたいと思うのだけれど、そういう訳にもいかないという気もするし、本当にうんざりして、へとへとになってしまう。

母親を見ているかぎりでは、あまりそういう感じでもなく、五十になったかならないかの頃、左脚のすねの内側に小指の先くらいの大きさでぽっこりした静脈瘤が二個出来た時には、こういうのが頭のなかに出来て破裂したらどうしようと考えると夜も眠れない、と軽いノイローゼ気味になり、それは夏実の四つ年下の弟が浪人中のことで、そのまま逝ってしまった場合（こっちの方が、あたしとしてはずっと気は楽）と半身麻痺になって言葉も不自由になった場合(これが困るのよ、誰が面倒を見てくれる? おとうさんなんてあてに出来ないしさ)とがあるけれど、とにかく遺書だけは書いておこうと思って(法律的な効力は関係ないものだけどね)と言い、残された家族に伝えるべく、あれこれとノートに下書きをしていたのだが、むろん、それはいつの間にかうやむやに沙汰やみになったのは、浪人中だった弟が京都の大学に入ったのがきっかけだったのかもしれず、すっかり京都観光の恰好の足だまりが出来た気分になって、ワン・ルームのマンション探しから引っ越しの手伝いやらで、三月の末から五月の半ばまでずっと京都に滞在してケロリとして帰って来た時のことからもそう思えるのだが、子供たちにヒステリックな声を出して、いい加減にやめなさいっ! おかあさんが頭の痛い時はやめてって言ったのわからないのっ! と怒鳴りつけた時、浮腫《むく》んでもいるし、偏頭痛のするコメカミがピクピクしたことから推しはかって、どうもなかなかの形相をしていたのじゃないかと思うと、やっぱり、こういう専業主婦の決りきった変化のないどこかしら抑圧的に精神に作用するに決っているのっぺりと平板な生活が、どうも気持に余裕をなくすんじゃないかという気がするのは、私立の女子高校の一、二年で同じクラスだった仲良しグループという程でもないのだが、なんとなく気のあうところがあって、進学コース別のクラス替えのあった三年の時も、大学に入って以後も、むろん会うのは間遠になったとは言っても何となくつきあっていた六人のグループの集りが来週あるということも関係しているのはわかっていて、六人のなかで専業主婦をやっているのは夏実一人だけだったから、こういう立場を肩身が狭いというか劣等感というのだろうと考えると、月経前症候群の苛立ちや咽喉がひりひりするような、ざわめく不安感や頭痛や腹痛と重なって、自分だけが損をしているような気持になるし、夫に対しても苛立ちが募るし、腹が立つし、子供が男二人というのも、もともと自分は女の子のほうを欲しかったのだと思うと不満だし、だいたい、小学校にしても幼稚園にしても、あの保護者会というのが、とにかくうんざりさせられ、月に一回、まわり持ちになっている幼稚園の〝おかあさんの手づくりおやつの日〟のグループの、理沙ちゃんや樹里ちゃんや亜沙香ちゃんや星児くんや勇太くんや太地くんといった、流行りの馬鹿っぽい名前の子供のママたちと、ヨーグルトゼリー、クッキー、スイートポテト、かぼちゃまんじゅう、スイス風揚げ菓子などを作るのも、楽しいと言えば楽しいと言ってもいいのかもしれないし、お菓子作りが自慢なのでリーダー役に率先してなるママに、作るのは一任して、感心しながら、お皿を並べたりしていればいいだけなのだけれど、十人中七人までのママが専業主婦で、智子ちゃんのところはパパが大学の講師で翻訳家でもあり、ママが食品会社の広報部勤務だったから職業柄時間的に自由なパパの方が、〝おかあさんの手づくりおやつの日〟に参加し、ちょっと甘いマスクで長目のさらっとした髪を茶髪にしているのが注目の的で、ぼくだって参加してるんだから、〝おかあさんとおとうさんの手づくりおやつの日〟と呼び方を変えるべきですよ、などと発言すると、先生たちにもおかあさん方にも凄く受けて、夫が銀座でレストランを経営しているという樹里ちゃんのママなどは、夏実に、智子ちゃんはママ似なのねと言って、暗に智子ちゃんと智子ちゃんのママは不美人だということを匂わせたりするほどで、いやな女が多いのだ。松本さんと高田さんの奥さんが大学の同級生だった関係で、編集者をやっていた時に原稿を何度か依頼されたことがあるので彼女のことは良く知っている、お友達なんだそうですね、といったような、なんということもない偶然の知人関係の話をしているだけでも、なんとなく横目でみんなに注目されているのがわかるのは、女子高校の時の若い男の教師が注目される状況と似ているのだけれども、なんかこうようするに馬鹿なのよね、あの人たち、と夫に話をすると、比喩的に言えば、のんびり鼻毛を抜きながらといった調子で、おやつ作りに参加すると、じゃあ、ぼくも注目の的になれるわけだね、と言うものだから、高田さんの場合は、いい男だからなの、男なら誰でもいいわけないじゃない、とむっとして答えると、ああそうか、そりゃあ、おばさんに田村正和が根強く人気があるのと同じだな、と合点し、おばさんなんて言ったたって青葉幼稚園のおかあさん達は、ほとんどあたしより若いし中には二十代の人だっている、と言うと、へえーっ、ミニスカートなんかはいているんだ、そんなら余計おやつ作りに参加してみたいね、と馬鹿みたいに月並な男っぽい冗談を口にしてヘラヘラするものだから、本当にむかむかさせられたり、というようなことも含めて、この二、三日、取るに足らないといえば足らないささいな事ではあるもののいやな事ばかりが重なり、それがまた、一つ一つはささいな事——洗濯の途中あわてて受話器を取ると間違い電話で、いきなり、ああ、村山だがね、と言うので、どちらの村山さんですかと答えると、間違いだったことを謝りもしないばかりか、悪いのは電話を受けたほうだと言う調子で、変だなあ、お宅、誰なの？　とダミ声というか咽喉に痰のからまったような年寄りくさい、いばりくさった調子で話すことを何十年も続けていた男特有の声で言われ（それが、三分おきに三回）、下の子の半ズボンのポケットに入っていた赤い折り紙——後で訊くと幼稚園でカエルを折ったのだった——に気がつかず洗濯機に入れてしまい、一回分の洗濯物全部がピンクに染ってしまい、半ズボンは赤い斑点状の染みが出来るし、洗濯物の全部に細かくちぎれた紙がこびりつくし、透明な地に白い斜め縞の入ったヴェネチアン・グラスのコップ（ＯＬをしていた時、フィレンツェ、ヴェニス、ミラノを巡る一週間のツアー旅行に参加した時に買ったもの）は、ひょいとしたはずみに洗剤でぬるぬる濡れた指先からすべって、シンクに置いてあった夫の湯飲み茶碗（高校の同級生で脱サラして陶芸をやっている山崎さんの作品で、何焼きと言うのか知らないけれど、全然無骨で、まるでいいと思わない）に当って割れてしまったのも、その反対に割れたらよかったのにと、しゃくで頭にくる——ばかりだったから、余計しゃくにさわるという堂々巡りで、夫は、久しぶりに友達にあうんだから、気晴しになるよ、と、おずおずした様子で気をつかうというか媚びるといった調子で、ま、あのメンバーのなかじゃあ、きみが一番美人なんだから、せいぜいお洒落してそれを確認してきたら？　などと言うものだから、人にお世辞を使うなら使うで、なんであなたはそういうケチついてミミッチイお世辞しか言えないのだ、きみは美人だからと言えば、そりゃあ、わざとらしいと思って頭に来るにしてもよ、あなただけは今でもそう思ってくれているのねって、あたしだってまんざら悪い気はしないかもしれないし、お互い気持良くしていられるところを、あのメンバーのなかでは、という言い方は何のつもりなのだ、だいたい、以前から不愉快だったけど、あなたはあの人たちのことをブス呼ばわりしていたではないか、と批難することになり、喋っている途中で、夏実も自分の言っていることが難癖のための難癖めいていることに気がつきはしたのだが止める気にはなれず、夫がよかれと思って言ったつもりの自分の失言に気がついて、しまった、という顔をしたのにも益々腹が立つとは言っても、それは、夫が馬鹿の大足（身長が一七五で靴のサイズ二七・五というのは、大足の口だろう）で鈍感だということに対してではなく——もちろん、鈍感なところはあるけれど——ようするに専業主婦をやっていることに感じるコンプレックスが苛立ちの原因なのだという自虐的な気分にもなってしまうのだ。

今朝の新聞の女性誌の広告には、主婦だから、子供がいるから……と自分のやりたいことをあきらめていませんか？　という文句がやけに大きな字で躍っていて、それより少し小さな字で、家事や育児に追われ、ただ毎日が過ぎて、気がつけばあれもやりたい、これもやりたいとふくらませていた夢は今も置き去りのまま。ふと、自分を振り返るとき、なんとなく世間に取り残されたような寂しさと「私、このままでいいのかな」というあせりが押し寄せて……そんなあなたが、この特集で変ります。登場するのは、やりたいことを実現させたミセスたち。そのはつらつとした姿が、きっと教えてくれるはずです。〈主婦〉と〈夢〉とを、両立させる方法はあるのだと。「今はしかたがない」と自分に言い訳するのはもうやめて。さあ、今度はあなたが何かを始める番ですよ、と書いてあるのを読んだのだが、それが〈夢〉と〈主婦〉を両立させていることになるのかどうかはともかくとして、確かに何かを*や*っ*て*いる主婦というのは圧倒的にたくさんいるのは事実で、何かを打ち込んでやってる主婦たちは、それは確かに、生々していると言うと、気障な言い方になるけれど、楽しそうで元気なことは事実で、母親の友人や知人には、更年期をきっかけに始めた鎌倉彫が性にあって個展を開いた人や、草木染めの糸を手織りで布にして袋物やらショールやらベストを仕立てて、住宅地にある家の一角を改造した小さなお店で売っている——それも結構な値段で——人や、それに触発されて自宅を改造して、長年腕自慢だった菓子作りの趣味を生かしてお菓子教室を開いた人も、手打ちうどんと懐石料理の店を自宅の広さを利用して、友達と共同出資で開いた人も、不動産鑑定士の資格をとって京王線沿線で不動産会社をはじめた人もいるし、全国的なチェーン経営の和服着付け教室に通って講師の資格を取ったという人なら、母親と長野の義母の友人に何人もいたし、猫ババアの中村さんも着付け教室で週二回教えているというし、A棟に八十戸、中庭をはさんだ同じ造りのB棟も八十戸の合計百六十世帯のマンションには、そこに住んでいる〈主婦〉たちの開いている、編物、刺繡、フラワー・アレンジメント、パッチワーク、木目込人形、料理、彫金、香道、書道、小笠原流礼法の自宅兼教室があり、別の場所に店を借りて、パーティーや会合の出張料理兼ケータリング業や、食器屋やリサイクル・ショップ、喫茶店を経営している主婦もいたし、みんな何かやりたいことを、しっかり持っているらしくて、まったく何もしていない無趣味な専業主婦のほうが、どうやら少数派のようなのだった。それが実はやりたいことだったのか、それとも、誰でも何か本当にやりたいことが何かある筈だということになっているらしい人生に絶望したのか、本当の理由はもちろん知る由もなかったが、その事件を教えてくれた平野さんの根拠ある推測では、ダンナさんの愛人問題が原因でノイローゼというか神経症になって、屋上から飛びおり自殺をした人もこのマンションにはいて、そもそも自分の住んでいるマンションの建物から飛びおり自殺をするケースというのは稀れで、だいたい住居とは別の建物から飛びおりるのは、そこに残された遺族への配慮というのが、とりあえず働くということなのだろう、と弁護士の息子さんは説明していたと中村さんからのまた聞きの意見を言ってから、だから、このマンションで自殺した人には残された夫へのあてつけという部分が絶対にあったはずよ、と主張し、中庭の子供用プールの周囲に二つ置いてあるプラスチックのテーブルに取り付けられた大きな日除けの白とブルーの縞のパラソルの上に落ち、パラソルの骨が折れて突き刺さるという惨状だったのだそうで、平野さんは、それは、八月の夜中の十二時過ぎの出来事だったが、プールの周囲には誘蛾灯の青白い明りがついているし、中庭をはさんでマンションの通路の各階の天井にある蛍光灯の明りがプールの水面をぼうっと浮びあがらせているのは、あなたも下を覗いてみたことがあって知っているだろうけれど、もし飛びおり自殺をするとしたら、あなた、夜中にする、それとも昼？　と考え深そうな表情で質問して、夏実の答えを待たずに、あたしだったら、うーん、やっぱり夜だわねえ、昼間は下の地面だのいろんな物がはっきり見えて飛ぶのが怖くなっちゃいそうだもの、と言うのだったが、そう言えばよくタフな刑事の登場する映画なんかで、ビルの屋上から、昼間飛びおり自殺をしようとしている人間を刑事が説得して思いとどまらせようとする場面があるけど、あれは、発見した人に押しとどめてもらいたいと思ってるから昼間にするのよね、と頷き、夏実が、気味悪そうにプールを眺めながら、でも、ダンナさんに愛人がいるくらいのことで自殺する人なんている？　わかりませんけどねえ、と首をかしげると、う̄ん、それはそうだわねえ、そりゃあ、そうだ、それだけのことじゃあ、いくらなんでも、やんないね、と頷き、やっぱりわかんないわよねえ理由は、でも、ダンナに愛人がいたのは確かなのよ、と言うのだった。

それからね、とさらに平野さんは話を続け、あの飛びおり自殺ほどにショックではなかったけれど、主婦売春の秘密クラブの連絡所をやっているという噂の人もいたのよ、今だから言うけど、と左手で口のまわりをかこむ内緒話の身振りをあからさまにして声をひそめるので、夏実もつられて自分より大分背の低い平野さんの顔の方へ前かがみになる姿勢になり、ひそめ気味の声で、まあ、このマンションで？　と興味津々といった調子の合の手を入れながら、中庭のツツジの植込のところで、こうやって立話をしているのを人が見たら、絶対、誰かマンションの住人の噂話をしていると思われるだろうな、と考えたが、まあいいかと思いなおし、平野さんが、もういいわね、話しても、その方が、もう、ここに住んでらっしゃらないし、と意味あり気に頷くので、ははん、とピンと来たのだったが、平野さんは、そ、そのとおり、さすが御明察、という思い入れでもう一度頷き、その人と多少親しくしていたある奥さんが、気晴しの軽い気持で自分の知ってる男の友達とデートしてみないか、みんな親切で気のおけない愉快な人達ばっかりよ、このマンションの奥様たちにも何人も紹介したけれど、皆さん喜んでいる、と誘われたことがあって、すぐに何に誘っているのかピンと来たから、あまりわざとらしくないようにして徐々に疎縁になるようにした、と話していたと言い、御主人が証券会社だか不動産会社だか金融関係だかで、やっぱりバブル崩壊で、自分で稼がなければと思ったんじゃあないの、自分のマンション事務所にすれば、税金だってないし、そりゃあ余分な経費がかからないから、丸もうけってことだわねえ、と言うので、そうなんでしょうね、と答え、中学か高校の時だったから昭和四十年代の半ば、主婦売春というのが話題になっていたのを思い出し、父親が購読していた『朝日ジャーナル』で読んだのではなかったか――それとも『婦人公論』だったかも――と記憶しているのだが、それは、買物カゴを腕に通してごく近所の商店に夕食の買物に来たという身なりの、生活に疲れた感じの若くはない家庭の主婦が、駅の近くの暗いガード下に立って客を誘い、取材記者に、家のローンや学資の積み立てでギリギリの生活をしていたり、ニクソン・ショックのあおりで失業した労働者の妻が、育ち盛りの子供たちの晩御飯のおかずに、せめて肉の一品でも出してやりたい、と語ったという記事で、卒業生の全共闘だったなんとかさんがオルグってるという噂の社会科クラブにいた松本さんは、お金を払って性を買う男がいるから売春があるのだ、と言い、内田さんと仲の良かった由加利ちゃんの二人が、幾らだったらやってもいいか、十万円じゃあいやだけど、一回だけで百万円というのなら考えちゃうと言いあうので、夏実や松本さん、せっちゃん、桃子ちゃんたちとは絶交状態になったのを思い出し、今度、由加利ちゃんに会ったら、そのことを持ち出して、あんた今でもそういう考え? 価格は下ったろうけど? と、いじめてやろうと思ったのだったが、もう一つ思い出したのは、カルチュアセンターのシナリオコースに通っていた朝倉さんに聞いた話で、前に住んでいたマンションの三階の自分の部屋のヴェランダから飛びおりた奥さんがいて、脚を折っただけですんだのだけれども、後で朝倉さんに、自殺なんかする理由が自分でも思いあたらないし、ただ洗濯物を干しながら下を見たら、ふと吸い込まれるような気持で、楽に下まで飛びおりられるような気がしたのだ、と言ったという話で、そういうのは、雪ケ谷のおじさんが若いときによくやって、軽い場合には捻挫ですんだものの、本人が自殺する気がないのに間違って死んじゃったらどうしようと、年中かあさんは心配してた、と母親は言ってたものだった。

「自分のやりたいこと」というのは、子供の時分から、その場その場ではいつだってあったとは思うのだけれど、それにしたって考えてみれば、ピアニストとかバレリーナとかファッションデザイナーとか、クラスの女の子と同じに少女マンガを読んで、ちらっと思ったことがあるだけで、わざわざ教室に通うということはもちろんなかったし、一クラス二十人いた女の子のうち四人に一台の割で持っていたアップライトピアノも欲しいと思わず、大人になったら何になりたいか、というテーマの三年生の時、「国語」の授業だったのか、それとも「生活」の授業だったのか、作文に「雪ケ谷のおじさんか小鳥やさん」と書いたことがあって、小鳥やというのは、その頃飼っていたダルマインコのダーちゃんがよくなれたお利口で可愛いらしい鳥だったから、そういう小鳥たくさんに囲まれて暮すのがなんだか少しいいかな、と思いついたことだったけれど、雪ケ谷のおじさんというのは母親の三つ違いの兄さんで、それから二年程して死んでしまったのだが、大学を出てから頭がおかしくなって精神病院にしばらく入院し、退院してからは決った職にもつかずに両親の家でブラブラしながら、真夜中から朝まで読書をして昼間は眠ったり、犬と散歩をしたりという暮しをしていた人で、夏実と弟が遊びに行くといつもニコニコしていて一緒に遊んでくれるし、普通の大人とは違って忙しい仕事を持っていないのが、とても素晴しいことに思えたから、そういう人になりたいと書いたのだったけれど、もちろん高い場所から翼のある鳥のように飛びおりたいというか飛び立ちたいとは思わず、三年の時の担任だった産休から戻ったばかりの山口先生は、何をどう勘違いしたのか、いつもいっしょに遊んでくれるやさしいおじさんと、かわいらしい小鳥が大好きな夏実さんは、おとなになったら、ようち園の先生になるのかな？　という感想をコクヨの原稿用紙の余白に書きつけ、なんで自分が幼稚園の先生になるのか、全然意味がわからず困惑したものだったが、「やりたくないけれどやらないわけにはいかないこと」は沢山あり、それぞれが夢だのなんだのと言うような、大仰なことではなく、その場その場の、とりあえず「自分のやりたいこと」をやって生きてきたというだけのことだな、あたしは、と思った。そう器用な性ではなかったけれど、本を見ながら、セーターも子供たちの物も含めて、六枚と半分——三年前から編みかけのままの夫のセーターの分を入れて——は編んだし、ケーキもまあ、上手にではないけれど焼くし、刺繍もパッチワークもやったことはあるけれど、それ以上打ち込む程にやりたいとは思わなかっただけで、だから履歴書にも、趣味は読書と書いて、それが本当だった時期も確かにあったのだ。

土曜日の六時に松見坂のフランス風日本料理屋で会うことになっていて、一度行ったことのあるせっちゃんの話では高いお店じゃないし、バブル時代のヤンエグのデート・スポット風でもないし、女のグループのお客が比較的多い気軽な店で、お客のうち二人はイッセイのプリーツプリーズを着てるのがいるって感じだね、というので、いろいろ考えた結果、やっぱりあのミルク紅茶色の絹のブラウスを着ることにして、ボトムは黒のウールのパンツに黒のカーフのパンプス、東急デパートのアクセサリー売場で買った艶消しのゴールドでちょっと変ったデザインの細い鎖が六連になっているネックレスを付けて、ハンドバッグは一昨年の誕生日に買った後で夫に代金を請求したランセルの手提げバッグを持つことにして、出かける仕たくがすっかりすむと、ホットプレートでお好み焼きを作る準備をしていた夫は、おっ、決ってるね、それ良く似合うよ、と言い、夕食がお好み焼きなので、はしゃいでいる子供たちも、決ってるね、と父親の真似をし、夏実は、ふふん、とアゴをしゃくるようにしてポーズをつけ、そうでしょう、と答えて家を出たのだった。

内装や食器にはあまり凝らずに、その分、料理とワインを実質的な値段で楽しめるというのが、ここのコンセプトなのよね、自分の持家を改装したから家賃はないしね、とこの店を推薦した今では編集者をやめてフリーライターをやっている松本さんは説明し、久しぶりよねえ、会うの、三年ぶりってことになるんじゃない、となんとなく溜息を吐き、すぐに、せっちゃんと桃子ちゃんが一緒にやって来て、しばらくしてから、内田さん、由加利ちゃんの順に席についた。

父親が死んでから二人で暮していた母親が、今年の六月から二ヵ月程入院することになって、何かと疲れてしまったという桃子ちゃんは、『クロワッサン』の新聞広告で、大きな活字とそれより少し小さめの活字で二行に分けてレイアウトされた、精神《きもち》の若さを保つには心に栄養を、最近、何か心うつ本を読みましたか？　というのを目にしたので（雑誌そのものは買わなかったのだが）、なんで精神が気持で、なんで心に、栄養という家政科的な言葉を使うのだろう、馬鹿みたいと思いはしたものの、まとまった本など、近頃読んでいないのは確かで、それは病気の親の面倒やら何やらで本を読む時間のゆとりがなかったからというわけでは、どう考えてもなく、本当に読みたかったり読む必要があるのだったら、どうやっても時間をひねり出して読みもするだろうから、結局のところ、読みたいと思わなかったというのが実情で、読む時間がなかったと、まるで読みたいのに読むことが出来なかったというふりをしてもしかたないとあたしは思うわね、と言い、夏実は、本当にその通りだと思うと答えたのだが、職業柄、本を読むのが当然なのかもしれない松本さんと由加利ちゃんはそのことにあまり反応を示さず、せっちゃんは、あわれみの表情を浮べ、内田さん（旧姓橋爪さん）はアルミサッシ会社営業部勤務の夫が一週間の休みをとって神戸にボランティアに行った話をし、新しい建物がじゃんじゃん建ってアルミサッシの需要も増えたよね、一石二鳥でよかったじゃん！とせっちゃんが言うと、内田さんはむっとして、営業じゃなくてボランティアに行ったのよ、と答えて、高校生の時以来の対立を小出しにしかけたけれど、せっちゃんは、電話で約束していた桑原甲子雄の写真展について書かれたエッセイのコピイを、茶色の革のブリーフケースから取り出して、忘れないうちに渡しておくね、と差し出したので、久しぶりに読書するわよ、と夏実は答えたのだったが、久しぶりに集っての食事会はなんとなく変な具合で、熱いおしぼりを運んで来た愛相の良い中年のウエイトレスが、熱いからと言って広げて冷ますようにしてから、おしぼりをどうぞと一人一人に手渡してくれると、内田さんは、高飛車というか他人からサーヴィスされることに慣れていて意にも介さないという態度で受け取って、おしぼりと言えば、と少し間を置き、あたし、こないだ横堀さんにあったわよ、と夏実と由加利ちゃんと同じ女子大の同級生の名前を言うものだからみんなは顔を見合わせ、あんたってどういう連想の仕方するのよ、何がおしぼりと言えば横堀さんなのよ、と夏実はむっとなって怒り出してしまったのだが、内田さんはまるで気づかず、離婚して博多の実家に戻って以後、つきあいのなかった横堀さんと京都駅のホームでばったり会い、時間がなかったので話らしい話は出来ずに別れたけれどやけに元気そうで、これはブルガリとにらんだリング嵌めてた、再婚したんだろうか、訊いてみる時間なかったけどと言うので、松本さんは、さすがね、一目でブルガリってわかるなんて、昔からあんたとあたし、学級《クラス》も階級《クラス》も違ってたって訳よ、と嫌味を言うのにも動じず、せっちゃんに、内田が、この本にぼくの住いに対するコンセプトのほとんど全てが書いてあるから、是非読んでほしいと言っていた、と新聞の書評の切り抜きをバッグから取り出してテーブルに置くと、何、それ、と松本さんが切り抜きをさっと取りあげ、なになに、『住まい方の思想』？　建築家にして詩人の著者は、時に激しい嵐の荒波に揺さぶられ、もまれる、決して平穏な日和ばかりが続くわけではない航海に人生をたとえ、家こそがそうした時に頼りがいのある船であって欲しいという立場から、マイホームの建築的ディテールを指南する。(とここで松本さんは、ふんと鼻を鳴らす)家には人間を庇護してくれる堅固さが構造的にも心理的にも必要だけれど、住む人たちを威圧するようなものであっては、「精神的な嵐」の際には頼りにならない。(のだそうで、云々とあって、と松本さんは続ける)虚無の宇宙を漂う船は「私性」の拠点として、宇宙に対抗する武器であるとともに魂の容器であるべきだ、とする戦闘的「マイホーム主義者」の著者の信仰を語った本、なんですってよ、ウォルト・ディズニーの『宇宙家族ロビンソン』みたいなのね、と軽蔑的に松本さんは感想を述べ、せっちゃんは、あたしは全然マイホーム主義者じゃないし、他の人に頼んだ方がいいよ、はっきりコンセプトが一致する建築家がいるんだもの、内田さんには、と、うんざりしたように答え、運ばれて来た染め付けの小鉢に入ったダシだかスープだかで味付けのしてある里イモを軽くつぶした上にキャビアが乗せてある妙な料理を食べ、納得がいかないという顔をし、合鴨のスープで煮た大根にフォアグラが乗っかっているのには、いよいよ納得のいかない表情をするものだから——他の人たちは、ちょっと変っていておいしい、と松本さんの手前、口にした——なんとなく座が白け気味になるのに拍車がかかるようでもあったし、内田さんと自分を除くと他の人たちがカジュアルなファッションだったのも、いろいろな意味で夏実には後悔の種で、うっかり料理で汚点《しみ》を付けてしまったりはしなかったものの、季節の割には汗ばむ陽気で脇の下に汗をかいてブラウスに汗汚点が出来てしまったらしいので（長袖だからいいや、と無精しないで脇毛の始末をちゃんとしておくべきだった！）、一度着ただけでクリーニングに出さなければならないのも頭に来ることの一つだった。

昔のように、マルガリータとウイスキーを痛飲することもなく、なんだか飲んだのか飲まなかったのか中途半端なままでその日はみんなと別れ、せっちゃんに渡されたコピイは、そのまま忘れていて、読んだのは大分後になってからだった。

屈折と倫理

世田谷美術館という、皇居新御所の設計者によって設計された建物は、いかにも中庸で居心地の良い趣味が、美術館というより箱根か軽井沢の戦前に建てられた別荘風に親密な雰囲気のあるホテルのようで、たとえば、三十一か二歳になった洋画配給会社宣伝部の独身女性とか、同僚の婚約者がコートディボワールとかアンマン支社に勤務している二十六歳の総合商社のOL（総合職として入社したのではない）が、どういうきっかけで知りあったのかということまで想像して検討する紙幅がないのだが、とにかく不倫をすることになる、三十七から四十五歳見当のグラフ系雑誌の副編集長とか、ドキュメンタリーの「やらせ」のことを他人事ながら自分の問題と考えてもいる、テレビ局の文化番組のディレクター（かプロデューサー）に誘われて文化的体験をしに行く場所として、小説家である者は、ふと設定したくなる。

緑青《ろくしょう》色の屋根と薄茶のタイル、修道院風の回廊と簡素な木材の作りの、趣味の良い現代日本のブルジョワ的保守主義を心地良く反映させた建築は、どうしても、そういった陳腐な設定を想像させてしまい、副編集長かディレクターは、荒木経惟と桑原甲子雄の二人展が、「ラヴ・ユー・トーキョー」と名付けられ、他ならぬ、ロケーションもすごくいい世田谷美術館であることを知って、誘うのである。洋画配給会社宣伝部勤務の女性は、留学していたパリで、アメリカ人のジャーナリストと一緒にポンピドゥー・センターの「日本の前衛芸術」展を見て、桑原甲子雄の写真は知っていたし――アメリカ人のジャーナリストは日本通で、シネマテークで知りあったのだが、クワバラの写真は成瀬巳喜男を思わせる、小津より、ずっと動的なとらえ方をしていて、そして同じように、美しい日本人がとらえられている、と言ったのだったが、彼女は成瀬の映画は一本も見ていなかった――もちろん、荒木の名前も知っている。総合商社のOLは、桑原甲子雄という名前は聞いたことがないものの、アラーキーというカメラマンは有名人で（テレビの深夜番組で見たことがある）、その写真は、短大の同級生の言い方によれば「エッチ写真」なのだということは知っていたのだが、今年、次女が幼稚園に入ったディレクターが教えてくれたことによれば、単なる「エッチ写真」などではなく、自分の勤務しているテレビ局にしたところで、いずれは日曜美術館で荒木のヌードを含めた写真を飯沢耕太郎か誰かをゲストにしてとりあげないわけにはいかないほどのものなのだそうで、飯沢が荒木の写真を「メランコリック」という十九世紀的精神のパラダイムで語るのは、写真評論家で無教養だからしかたないとしても、高橋源一郎だって、富岡多恵子も、田中優子も荒木のヌード写真については、篠山紀信のどこかで見たことがあると誰でもが思う典型的に美しいだけで現代的な問題性も刺激にも欠けている「ヌード」とは違う、現代的な「真実」が露呈していることを認めている、と、ラフォーレ原宿の資生堂パーラーで説明され、婚約者の商社マン（コートディボワールの湿度の高さについて、まるで蒸風呂です、と書いてあるエアメールが昨日とどいた）とはまるで異質の世界に住む男に対する魅力を感じてはいるのだが、喋ると口が左上方に釣り上がるようになって、同時にアゴも左側上方にひしゃげるのが、もうひとつ、ホテルまで同行する気になれない理由だ、と彼女は考えている。

「ラヴ・ユー・トーキョー」と軽い響きで名付けられたこの写真展は、「東京」ではなく「トーキョー」と片仮名で表記するのがふさわしいのかもしれない、ダイナミックに変貌しながら、破壊されつくされかかっている猥雑なアジアの国際都市を〈主題〉として、東京生れ（同じ台東区だけど地域《エリア》の異なる）で東京育ちの、世代が丁度親子ほどの違いのある二人の写真家の一九三〇年代から九三年にいたる半世紀の間に撮られた作品を、入り組んだ路地を歩く歩行感覚を意識して展示した写真展である。

二人の若い独身女性は、黒沢明とロス・プリモスの歌った「ラブユー東京」という流行歌を知らないが、副編集長とＴＶ局ディレクターは知っているし、ことに一九四七年生れの副編集長は、カラオケで同世代の男が「唐獅子牡丹」と加山雄三の「君といつまでも」を情緒たっぷりに歌ったりする場合、「ラブユー東京」と山本リンダの「こまっちゃうナ」で対抗するのであり、若い女の子たちに、この黒沢明は、あの黒澤明と同一人物なのだと言って煙に巻くのを楽しみにしてもいるのだが、東京生れではなく（ディレクターもその点は同じ）、二人の若い独身女性のうち、宣伝部の方は父親の代からの二代目の東京人で、総合商社のＯＬは曾々祖父が薩摩藩の足軽出身の官軍で、祖父の代からは通産省の役人で、杉並区に住んでいる。

緑青色の屋根とナントカ焼きのタイルで飾られた、宮殿（皇居）とほぼ同じコンセプトで、美術館が設計されているということは、いわば、ヨーロッパ近代の、フィレンツェのウフィツィに始まり、フランス市民革命を経たルーヴル、ロシア革命の後のエルミタージュと、宮殿と王族・貴族のコレクションが市民の美術館として公開される啓蒙思想の歴史を考えてみるならば、むしろ世田谷美術館はその逆に、今上天皇の宮殿空間と一致してしまっているわけなんだよね、だから、平成においては、宮殿がむしろ公共の美術館になぞらえられているわけで、と、ディレクターは、同級生の評論家（叔父さんがアナール学派の歴史学者）が雑誌に書いていたことを、つい受け売りで語るのだが、ＯＬは、感心したようにうなずいて、奈良ホテル旧館とか箱根富士屋ホテルをリニューアルしたみたいなムードね、と言うのだった。

しかし、これは、ジャーナリズム的なニュアンスとして反語的に「ラヴ・ユー・トーキョー」と呼ばれていい写真展であったろうか。タイトルを眼にするかぎりでは、東京という大都市に対する屈折した思いが、批評性をおび「愛」として機能することが目論まれていることは一目瞭然だし、私たちは荒木経惟の写真のキャリアを、まさしく、現代的な様々な問題である写真や都市や文化や性風俗や死に対する〈屈折した思いによる批評性〉として理解していたはずなのだから、それが「ラヴ・ユー・トーキョー」と、いささか古風な軽薄さで名付けられることに対して少しも違和感を感じたりはしないし、この、「私」という主語＝主体を欠いた表現の主題が、トーキョーという無気味でアモルファスな都市におかれていることと同時に、荒木経惟が時に自らを呼称する「アラーキー」という、これまた屈折した批評的造語と同じように理解することが可能なのだ。私たちは、アラーキーの写真を前にして、「屈折」などという幼稚な心理的用語を思い出してしまわざるを得ないという事態に、いささかあきれてしまうのだ。

とは言え、この写真展の会場としてしつらえられた擬似的路地の半世紀に及ぶ空間を一巡した観客は、アラーキー的批評性の限界を露呈させつつそれがまさしく「写真」であることの魅惑によって、しつらえられた擬似路地の曲り角ごとに荒木の写真をことごとく超える、桑原甲子雄の写真に眼を奪われるのである。なぜ、そういう事態がおきてしまうのか、それはむろん、二人の写真家の「才能の差」だと言ってしまえばすむのだし、「才能の差」という言葉は、「才能」のあるなしについて言及されているのではなく、「才能」の質の本質的な「差」に言及されるべく書かれた言葉であることを急いで付け加えなければならないのだが、それにしたところで、荒木経惟が獲得しえた写真のアラーキー的批評性を、桑原甲子雄の写真の視線の欲望の豊潤な喜びが圧倒的に超えてしまっている事実の冷酷さを糊塗することは出来ないだろう。

むろん、桑原と、その息子の世代である荒木にとって、「写真」の持つ意味も違うだろうし、「浅草の踊子」の肉体的意味と「風俗の女の子」の肉体的意味も違うのは当然のことなのだし、桑原が、七〇年代のワンマン・バスの最後部座席に座った四人のそれぞれに物思わし気な様子の小学生男子を撮ることの複雑で単純な、驚きや悲しさやユーモアと同情に充ちた愛情と、荒木の撮るわざと粒子を粗《あら》くした広角レンズでとらえられた子供たちが、それが写真であるがゆえにまとわざるを得ない現代社会に対する無防備なまでにわかりやすい批評を、比較するためには「時代」を考慮する必要があるのかもしれないし、「時代」そのものを撮ることこそが写真家の持つ批評性なのかもしれないのだし、「ラヴ・ユー・トーキョー」展の部厚いカタログの、右開きの造本と考えれば裏表紙にあたるところの坂田栄一郎撮影による荒木の、丸いサングラスと白髪の口ひげを除いてしまえば、勤勉さと人の良さと含羞の入り混った表情を見れば、これが、あの自分の撮ったアラーキーのエッチ写真（という用語は、小説家の荻野アンナの文章から借用したものだが）の自動シャッターのショットのなかで、緊張と撮影者に対する不信のせいで無気味な無表情を凍結させた彼自身の写真の被写体と同じ表情を浮べたアラーキーなのかと、見る者の眼は疑われつつ、荒木の写真の批評性が、現代の都市生活者のアイデンティティーに係わり、一見現実と見えるものの虚偽を際立たせることにあったのか、そんなことは知ってはいたけれど、ジャーナリスト兼批評家のように精力的ではあるけれど、つまらないことだ、と、あらためて確認することになる。

カメラという視線の欲望の装置は、35ミリというフレームのなかに決しておさまりきれないはずのものを、おさまりきれない世界の時間と空間を生きる人間に対する愛着と好奇心と悔恨のこめられた「今」という瞬間を生きる決意の指によって、切られるシャッターのことである。指がシャッターを切る瞬間の決意とためらいと喜びと怖れには、ジャーナリズム的批評の整合性などではなく、指の素早い一押しと視線の欲望を瞬間に決定しなければならないカメラを持った人物の倫理性があるのだ。桑原甲子雄の写真が、一九三〇年代から最新作品である一九九二年の「午後の微笑」にいたるまで、見る者を感動させるのは、シャッターを切る指と視線の欲望が一瞬の連動を可能にするダイナミックな写真的倫理のせいなのだ。そうした写真家の倫理の官能的な輝かしさを持った美しさの繊細な細部は、映画をヴィデオで見るのと同じように、印刷されることで、印画紙にプリントされた「生」の写真から少なからず消されてしまうところがある。

写真という、画像印刷技術の発展によって「素人」と「専門家」の区別を作り、「写真師」と「写真家」を生み出すことでメディアとなった分野は、ブルジョワ家庭の記念アルバムから大衆消費社会の印刷メディアのシンボルへと変化することを瞬時に行い、同時に、十九世紀的な公共的展覧会場で、その生のプリント性＝作品性を誇示することを運命づけられているものなのかもしれない。

ええーっ、と総合商社ＯＬはディレクターに言う。よくわかんないけど、平板？　チンプ？　なんかそんな気がする、ただ裸の女が写ってるだけじゃない、エッチじゃないよ、こんなの、週刊誌にいっぱい載ってるし、テレビでもやってるよね？　ディレクターは返答に窮して、恥毛のことや高橋源一郎の名前やアラーキーの現代的批評性を再び持ち出し、洋画配給会社宣伝部の独身女性は、桑原甲子雄の写真はパリで見た時より、今のほうがずっと理解できるし、感動した、この人は、ようするにキャ、メ、ラ、マ、ンなのよ、荒木は近代化される東京の分裂症の平板化された光景の症候群を共に生きて撮ったという意味では、勤勉なジャーナリストよね、風俗の女の子も奥さんの死顔も同じに見えるという分裂症的現代を映像化しているわけだけど、そういうのって、リアリズムという悪しきモダニズムだと思う、と、世田谷美術館の左翼に張り出した皇室好みに簡素なインテリアのフランス料理のレストランで言い、副編集長は、しかし、アラーキー的写真というものが、そもそも男根の虚勢コンプレックスを主題にしていたのかもしれないと、新宿の超高層ビルを斜めに撮った写真を思い出しながら思ったりもするのだった。

荒木の写真は、私たちの東京や性やとりわけ死に対する「イメージ」を脅かしたりはしない。「イメージ」を脅かし、それを揺がせるはずだと素直に信じて発表されたことによって、荒木の写真は、見る者の「イメージ」のなかに、ほどよいショックを与えつつおさまり、平板化される。あらゆる価値の平板化こそが現代の特質だという近代批判の価値観によって、荒木は自らをアラーキーに平板化するのである。観光客が旅先で撮る「写真」が、パック・ツアーの「経験」をますます平板化する、という、ブーアスティンの『幻影《イメージ》の時代』を、反語的映像として撮ったはずの荒木が、「イメージ」の持つ、そう単純には出来ていない両義性を超えることが出来ないでいる時――「トーキョー」も「東京」も、「イメージ」などにはおさまりきれないし、「中年女」も「風俗女」も「死顔《デスマスク》」も「性交」も、たかが写真の「イメージ」などにおさまりきれるものではない、と、当の「イメージ」が主張する――指と視線の倫理をカメラという装置に賭した桑原甲子雄の写真が、見る者の生きた時間に向って、ここでしかない瞬間と空間に生きている者たちの存在の力を主張する。わたしたちは写真なんかに撮られても平板化されはしないのだ、と。

桑原甲子雄が最も新しい写真展（一九九二年）に「午後の微笑」というタイトルを付けたのは、フレームに切りとられる写真などで決して平板化されることのない時間と人生のダイナミズムにあふれて、現に今そこにひろがる世界に対する――それが東京であれトーキョーであれ――指と視線の倫理による確認の微笑なのだ。そして、私たちは、桑原の微笑を共有することによって、この世界で生きようと思うだろう。

光の今

七百三十六枚の一九三四年から一九九三年までにおよぶ東京の街の写真が集められた部厚いA5判の写真集が見る者にあたえる印象は、その帯に書かれた言葉のように、〈すべてがきらめき、確かな輝きがあしたを照らしていた……〉〈偉大なる故郷《まち》・東京の忘れ得ぬ姿をとらえた60年間〉という、あからさまなノスタルジイへと回収されるものであろうか。

『東京 1934～1993』は、アマチュア写真家桑原甲子雄の撮った写真のレトロスペクティヴであると同時に、〈故郷・東京の忘れ得ぬ姿をとらえた60年間〉として、東京という変貌する都市への〈ノスタルジイ〉をかきたてずにはおかない編集方針がとられているようにも見えるのだ。

一九九三年の夏、世田谷美術館で「ラヴ・ユー・トーキョー」展を見た時には、二十六歳で総合商社のOLをしていたのだったけれど、その後二十六にもなるとすごく居づらい雰囲気の商社を退職して、ある小さな出版社の編集者になったのが今年の二月で、その前の年の冬には同僚でコートディボワール支社勤務の婚約者とは婚約を解消していたし、不倫の関係にあったグラフ系雑誌の副編集長とも別れていて、今は三歳年下の大学院生――婚約と不倫を解消した後のセンチメンタル・ジャーニーでポルトガルに行った時、リスボンで知りあった映画好きの青年――とつきあっているのだが肉体関係はなく、時々一緒に映画を見に行って食事をするという関係で、つい先だっても、東京国際映画祭の「日本映画クラシック」は是非見なければ、と誘われたのだった。

映画が終った後、サバティーニで食事をしながら、今度、ウチの雑誌で、と新米の女性編集者は言い、大学院生は、ウチの雑誌という言い方に軽い違和感を持つのだったが、そのことには触れなかったものの、「ノスタルジア――あの日に戻りたい」という特集のタイトルと内容には、さすがにあきれたという顔もしてしまい、それでもその後で、これが役にたつかもしれないな、と『東京 1934～1993』を渡してやり、彼女は、ああ、桑原甲子雄、この人の展覧会は見たことある、と嬉しそうに言い、大学院生は、今見てきた成瀬巳喜男の『噂の娘』は一九三五年の映画で『女人哀愁』は一九三七年だけど、銀座と新橋のロケが素晴らしかったですよねえ、室内のセットも素晴らしかったけど、と溜息を吐いてから、ここのスパゲッティ、柔らかすぎると思うな、と茹で加減に文句をつけ、このプログラムの中で他に何を見るべきか、三重丸、二重丸、丸、の三種類のマークをボールペンで記したうえで女性編集者に渡してやり、彼女は、ふうーん、時間があるかなあ、と、それをチラリと見てから、給料がぐっと安くなったからね、今日は割り勘ね、と言う。

彼女の考えでは、この写真の後に載っている監修者の文章は、あたしが以前交際していた不倫の相手の中年男が桑原甲子雄の写真について言っていたのとそっくり、なのだったが、大学院生に言わせると、ジャーナリストの文章や喋ったりすることはみんな同じなのだ、ということになる。著者解説の素っ気ないようにも見える文章の曖昧さがぼくは面白かったけれど。三十九番目の写真には、〈「歳の市」とあるから年末であろう〉なんて書いてある、と笑い、でも、いったいこの写真は何なのだろう、単に失われた光景へのノスタルジイとして、あなたのところの雑誌の特集じゃないけれど「あの日に戻りたい」と見る者を誘っているのだろうか、と言い、「日本映画クラシック」は断じてノスタルジイを喚起したりはせず、未知の新しい日本映画の、まさしく発見だったわけだけれど、なぜ人は、ある光景の瞬間がそこに停止している写真を見ると、甘美なノスタルジイに慰撫されているような気持になってしまうのだろう、と言うのだった。あたしは、この文章読んで、別れた男を思い出しちゃったのよね、ノスタルジイでも甘美でもないんだけどさ、と、編集者になりたての若い女性は、それが素晴らしい思い出ではなかったけれど、よくある出来事だと考えていることが想像のつく調子で一人言のように言ってから、〈私がいま一番強く思うのは、写真でわかるように一九三〇年代の戦前の東京には、エレクトロニクスという技術以外のすべてがすでにあった結構よさそうな都市であり、人びとが何と物事と（貧困とでさえ）ジカに触れ合って生きていたか、という戻りたい切実な実感〉とかさ、と読みあげると、大学院生は続けて〈ああ、ここには確かに手ざわりのある生活がある、ヒトが活きている、心底から喜び、泣き、鼻水をたらし、よごれ、取っ組み合っているという手ごたえである〉という部分を読んで、そういうことを言う人だったわけ？　と少し同情的な口調で言い、彼女は憂鬱そうに、うん、そうそう、と頷いてから、〈そして、そうしたすべてを、私たちは失ってしまったのだ、という虚空、砂漠のような喪失感である。もう遅すぎる。東京はやがて亡びるだろう。写真は銀の砂で都市を埋める挽歌となった〉なんて言うわけよ、と笑うのだった。

桑原甲子雄が、35ミリという小さなカメラを覗いてシャッターを切ることでそっと定着した光景が、それを見る人々に失われた都市へのノスタルジイを呼びおこすこと自体は、もちろん、どこにもいぶかしむべき理由などありはしない。かつてそれとまったく同じ、街並や看板や映画のポスターや白い夏の帽子や麻のパラソルや紙製の絵日傘や七五三で男の子が着る大礼服や普段着の綿入れとエプロン、洋犬の血の混った雑種犬、短くて丸々とした大根脚のレヴューの踊子たち、日本髪の芸者や娘の後姿、ハワード・ホークスの『バーバリコースト』の下手な絵で描かれた広告の前をうつむき加減に歩く和服と洋装の女、鳥打帽子に縞の木綿を着た休日の店の幼い小僧さんを見た人々がいるのだし、それを見たことのない人々でさえ、それが失われた光景であることによって、甘やかなノスタルジイに誘われずにはいられないことは確かなのだ。

しかし、桑原甲子雄の写真は失われてしまった光景と瞬間の記憶の鮮やかな定着の圧倒的な枚数として、見る者に一種奇妙な沈黙と驚きをもたらさずにはおかない。写真に撮られている様々な大人も子供も女性も当然持ってそれを生きた個人的な人生の歴史という物語から切り離され、けれども、想像してみるのにそう難しくはない人生を生きただろう見知らぬ人々のざわめきが見る者にめまいに似た感覚を呼びおこす。

ささやかな快楽や様々な絶望や孤独が、光と影のなかにそっと定着されてしまった平凡な市井の光景のえんえんと続く写真群は、それをスナップしたカメラマンの眼と指と足のひそやかな欲望——それを何と名付けるべきだろうか、私たちは深くとまどうのだが——の瑞々しい好奇心の几帳面さに、ただ感嘆するのみだ。

でも、一体、これは何なのだろう。六十年という時間が、同じ35ミリのカメラで、このうえなく平板にこのうえなく平凡に、ただスナップされているかのように見える写真なのに、なんでこんなにひきつけられるんだろう、と若い男は言い、同席している女性は、この写真を撮った人は物語を撮らないからでしょ、と答えるので、馬鹿だとばかり思っていたのに案外なことをいうこともあるのだ、と感心し、新米の女性編集者は、少し苛立って、あなたは何か、映画批評とか文芸批評とか、そういうものは書かないの？　と、聞いて、もし、それがまあ、あの物であれば、ウチの雑誌に載せてやらないこともない、といったようなことをにおわせる。

ノスタルジイと失われた時間への甘美さにむろん、桑原甲子雄の写真を見ることで、人々は浸りきることなど、本当は出来はしないのだ。ここに集められた写真は、六十年という時間の幅の微妙にゆらめくあえかな襞のリアルさの質において、すなわち、カメラを持った人物の、作家意識として大仰な言葉では決して語られたことのない、淡々とした足の速度と街の光景の持つある瞬間に向けられた穏やかな官能ときわめて個人的な好奇心がカメラというメディアによって、ひそやかにそっと薄くその表面を剝ぎ取った光の時間が、その光の今を寡黙にそっと主張するだけだ。ひそやかに薄くその表面をカメラで剝ぎ取られた光の時間は、失われた東京の戦前や戦後の遠い時のみを照し出しているのではなく、一九九〇年代の現にここにあるありふれた街を撮った写真においても、淡くあえかな鮮明さでその表面を埋めつくしている。

軽いめまい

夫は深夜の二時すぎに珍しく酔って帰って来て、鍵も開けられなかったと見え、何度もドアチャイムのボタンを押して夏実を起してドアを開けさせ、ドアを開けるなり玄関の狭いホールに座り込んで、きみはおれと別れるなんていきなり言い出さないだろうな、と呂律のまわらないだみ声で、眼を据える、というのはこういう表情のことなのかと後でつくづく思いあたったのだが、言うのだった。何があったのか知りはしないが、もともとそう酒の強い方ではなかったし、ある程度酔いがまわるとすぐに眠ってしまう性だし、父親も酒はあまり飲まなかったから男の酔っ払いというものには全然慣れていなくて、女だったら、相当ひどく酔っ払う人物を知ってはいたけれど、起こされたのがしゃくにさわって、大目に見る気になれず、驚いたのと不快だったのとで黙って顔をしかめて立っていると、夫はホールに大の字になって鼾をかきはじめ、夏実はこんなことは初めてだったので面喰ったのとあきれたのがおさまると、腹が立ってきて、このまま玄関のホールに大の字で寝そべっている状態でほうっておこうかと思ったが、それもまあ大人気ないような気もしたし、何しろ驚いてあわててしまったので、ちょっと、しっかりしてよ、と乱暴に揺り動かして起こして、上着だけはどうにか脱がしたが、ズボンやシャツは、泥酔して半分眠り込んでいる重い身体から脱がせるのは無理なので、ネクタイを取って、ズボンの尻ポケットに入っている札入れ（いつも、スリ取られる心配があるから札入れを尻ポケットに入れるのはやめるように言っているのだけど、やめないのだ）を出し、そのまま、どうにかベッドに寝かしつけたものの、二時すぎ（居間の時計を見ると二時三十五分）に荒っぽくというかあわただしい速度でピンポン、ピンポン、ピンポンと鳴りつづけるドアチャイムの音で起こされ、酔っ払いの世話をさせられて腹が立ったうえに、隣のベッドから聞えて来る盛大な鼾と、鼾をかいている息のアルコール臭のうるさいのと臭いのが気になって眠れず、それに、あの呂律のまわらない、てんでだらしない口調で言っていた、きみはおれと別れるなんていきなり言い出さないだろうな、というのはどういう意味なのか、泥酔して帰ってきたものだから、あたしが腹を立てて、離婚すると言い出すとでも思っていたのかと、いくら酔っ払いとはいえ馬鹿馬鹿しく、明日起きてきたら、どういう態度をとってやろうかとムカムカしながら考えていると眼がさえて眠りそびれてしまい、ようやくうとうと眠りかけて、なんだか夢を見ていたのだったが目覚し時計の音で眼を覚した。

土曜日なので、子供たちが十二時を少しすぎて帰って来た時にも夫はまだ眠っていて、小一時間して起きてきた時には、子供たちが、うへーっ、パパ、なんだかくさいよ、と言うものだから夫は自分の体のにおいをかぐようにシャツを持ちあげて鼻をクンクンさせ、汗にまで酒の臭いがしてるな、頭も胃も痛い、と弱々しく言って、胃の薬を飲み、水をたてつづけに二、三杯飲んで、ゆっくり風呂に浸かってパジャマに着替え、まだ、いかにも気分が悪そうにしているので、宿酔いには確かに効くのを経験で知っていたから、冷たいミルクと卵黄に、農大の学園祭で買ったボクシング部の養蜂研究部が集めたハチミツをまぜたエッグ・ノッグを作ると、夫はそれを飲んでまたベッドにもぐりこみ、夕方近くになって、ああ、ほんとに良く眠ったよ、と、濡れたままベッドにもぐりこんだので寝ぐせがついてクシャクシャになった髪でボソッと起きてきて、あくびをしながら間のびのした声で言い、テレビでアニメを見ていた子供たちが、パパ、ほんとに良く眠るなあ、と言い、夫は、ああ、と照れたように言って二人の頭を軽く小突き、ああ、でもやっと気分が良くなったよ、それが証拠には腹が減った、と図々しくも言うので、夕食の仕たくはまだ出来てないわよ、と夏実が答えると、じゃあ、食べに行こうか、と夫が言い、子供たちは、うわーい、やったね、天ぷらか焼き肉がいいよ、とはしゃいで口々に言いながら手をたたくのだったが、夏実としては、そう何度も経験したというわけではないものの、女の友達と夜中過ぎまで痛飲した時（たいてい、そういう時は誰かが男と別れて落ち込んでいるか気が立っている時だったが）のひどい宿酔いの時の胃の状態を思い出し、カラオケの置いてないスナック・バーで最初はそれぞれ別の種類のバーボンの水割りとかジン・トニックとかブラッディ・メアリを注文し、自分ではアルコールに強くないと思っていた夏実は大ぶりに切ったクシ型のレモンがグラスの縁に飾ってあるテキーラ・ベースのマルガリータを注文し、三杯目のおかわりのために手を振ってボーイを呼ぶ頃には、もう相当出来上っている状態で、みんなが、ほら、夏実のあれがまた出た、と言うのだが、マルガリータというカクテルはテキーラをライム・ジュースで割って、縁に塩を付けたグラスに注いだもので、お酒は人並に楽しみたいけれど、あまり強いアルコールは苦手だというメキシコのナイトクラブの若い御婦人たちのために考案されたもので、このグラスの縁の白い塩の輪をマーガレットの花に見立てて名付けられたものなんだよ、とカクテルの由来を説明するのが夏実の癖で、その頃には誰かが、ボトルをとったほうが得なんじゃない？　と言い出すものだから、調子に乗って水割りウイスキーも飲むことになって、何杯飲んだのか正確には覚えていないのだったが相当に酔っ払い、その頃にはもう家を出て建築科の大学院へ行きながら八潮設計事務所でアルバイトをして一人暮しをしていたせっちゃんの市ケ谷の近くの六畳と三畳に台所と風呂とトイレがあって三万五千円という格安のアパートに皆で泊ることになり、朝起きると、宿酔い気味で頭が痛いし胸がむかつくと言うと、宿酔いにはこれがいいと言って、せっちゃんがポカリスエットを冷蔵庫から出して来てくれるのだったが、薄甘塩っぽくて酸っぱい味が昨夜のマルガリータの味を思い出させてゲップが出てなんだか飲む気になれず、せっちゃんのTシャツやパジャマを借着した若い娘たちは化粧も落さずに眠ってしまったので、くすんだ顔色をしていて、だらしなく寝そべったまま、物憂く風呂にでも入るかと言いあいはしたけれど動く気にもなれず、食欲もなく、午後になってから近所のそば屋で何か食べようかと相談しあうものの、日曜日は定休日で、桃子ちゃんとせっちゃんはその頃にはやけに食欲が出て来て、カレー南ばんが食べたかったのに、とか、あたしは天ぷらそばが食べたかったと言いあうものだから、夏実と由加利ちゃんは、うっと吐き気がこみあげる気分で、つきあっていた妻子持ちの批評家(話を聞いているかぎりでは、凄くいやなだらしない男)と別れたばかりの由加利ちゃんが、Tシャツとパジャマやタオルを使ってそのままにしてきたけど、洗濯物が増えちゃって悪かったわねえ、と言うと、せっちゃんは、わざわざ洗ったりしないよ、一晩着ただけだもの、あんたたち、そんなに汚れてたの？　とわざとらしく驚いてみせ、母校の国文科で近代文学を専攻して助手をしている由加利ちゃんは、それには答えず、並んで歩いていた夏実に、あたしねえ、見合いしようかと思ってるんだよね、と昨夜は言わなかったことを、ぽつりと口にしたのだったが、その後の見合いと結婚のいきさつや、結婚後も続いて結局離婚して、今も腐れ縁が批評家と続行中の由加利ちゃんのこともちょっと思い出したけれど、それはまた別の問題で、桃子ちゃんと夏実は、松本さんが編集者をやっていた時あんな奴に原稿なんか頼むんじゃないよ、と言っていたのだが、松本さんは、幼稚なことを、といった顔付をして、いい物を書けば編集者としては書いてほしいと思うのよ、仕事なんだから、とメンソール煙草の煙をふっと唇を尖らせて吐き、由加利は由加利で研究者ぶって、彼の書く物はあたし認めてるの、と言うものだから桃子ちゃんと夏実は凄く白けたのだったが、あの日、桃子ちゃんとせっちゃんがカレー南ばんと天ぷらそばを食べたがるのを耳にするだに、自分は吐き気がこみあげたくらいだったということを、はっきり思い出して、ちょっと、パパはこの調子じゃあ、焼き肉とか天ぷらは無理かもしれないねえ、お酒飲みすぎて胃の具合が良くないからなあ、油っこい物はねえ、と子供たちに言うと、夫は、大丈夫だよ、エッグ・ノッグが効いたみたいだし、松の実の冷たいスープを最初に飲めば、もっとすっきりしそうだ、と受けあうので、子供たちは、よーし、パパ、エライぞ、そうこなくっちゃあ、とはしゃいだ。

食事から帰ってきて朝刊と夕刊を読み、子供が風呂に入っている時、十時からのニュースショーを見ていると、夫が、柏木くんね、離婚したよ、と言うのだった。夫の大学の同級生で卒業後は畑違いのフリーのカメラマンになった男で、夏実も何回か家に行ったり、招いたりして、仲が良いという程ではないにしても奥さんの純子さんのことも知っていて、おとなしい控え目な人で、もっと着飾ればというか、多少でも構えば美人で通用するだろうに、少し浅黒い艶のある素顔のままで、着る物も、おしゃれなダンナさんのお古のシャツやセーターにジーパンで、子供もいなかったし、年よりも若く見えたし、そうしたさり気なさが最初の頃は夏実などには、新鮮に見え、考えてみれば、夫の柏木さんはファッションカメラマンで、職業柄、着飾った美人を見なれているわけだから、小ざっぱりとボーイッシュな、いつも素顔の純子さんに魅力を感じるのかもしれない、などとも思ったりしたものだった。

へえーっ、だって、あの二人うまくいってたんじゃないの、と夏実はびっくりして言うと、はた目にはそう見えたし、純子さんは事務所の電話番から経理までこなして、柏木がファッションの仕事にあきたりなくなった、などと言い出して一人でアフリカへ何ヵ月も行った時も文句一つ言わず、あいつがモデルに手を出しても見て見ぬふりで、まあ実に良く出来た賢夫人なのか、それともちょっと鈍いのかと思っていたけど、と夫は溜息をつき、純子さんはもともと経理部のＯＬで柏木の事務所の経理も担当してたわけだから、そっちの方面ではヴェテランで、一年も前から「とらばーゆ」や何かを見て就職先を見つけていたらしいんだな。準備万端整えて就職先を見つけて、いわば実行に移したらしい。いい機会を窺ってたんだろう。柏木が何日か仕事で留守にして家に帰ったら、部屋がどうも妙な具合にガランとしていて、純子さんの姿はなく、四匹の猫の姿も見えないんで、何か変なのは家具の大半がなくなっているのだということに気が付いたのだけれど、その時は、やり方が少々極端にしても、部屋の模様替えをするつもりで、どこかにあずけてあるのか、それとも新しい家具がとどく前に売ってしまったのかというようなことを、咄嗟に考えはしたけれど、それでも異様なことは異様で――きみも覚えてるだろ、あいつの所は家具とか物がゴタゴタとはあんまりなくて、すっきりした部屋ではあったけど――とりあえずビールでも飲もうと台所に行ったら、食器棚も無くなっていて、流しと調理台に、柏木が独身時代に使っていたインスタントラーメンを煮る鍋とやかんとフライパン、何枚かの食器と壊れた電気釜が並べてあってガスレンジと冷蔵庫はそのままになっていたけれど、他のあらゆる食器や鍋の類いはきれいさっぱり無くなっていて何が起こったのか判断のつかない衝撃に震えながら、冷蔵庫を開けて――そこも缶ビール三本以外は空だったそうだけど——ソファしか置いてない居間でビールを飲んでいると、彼女が外から入ってきたんだな。あたしはアパートを借りて引っ越しをすませたし、仕事口ももう見つかって来週から勤めはじめる、貯金も半分はあたしの名義になってるけど、とりあえずあなたの定期を解約したお金でアパートの敷金と礼金は出した、引きとめても無駄だから離婚届に判をお願いする、とテコでも動かないといった調子でこう言い出したのだそうで、あわてた柏木が理由をきいても、もう決めたことだから、の一点張りでそれ以外のことは言わず、とにかく、今までのことは自分の悪かった点も認めるから話しあおう、というのにも、ただ黙っているばかり、それに、猫たちはどうしたんだ、と質問すると、四匹ともあたしのアパートで元気にやってるから御心配なく、モペちゃんもユキママもあたしが拾った子なんだから当然連れて行きます、という返事で、思わず、そんなこと言えば、トムはおれが拾って来た猫じゃないか、トムは置いていけ、と怒鳴ったところ、純子さんは、トムはユキママがユキと一緒におっぱいを飲ませて育てた子だし、他の子たちと仲がいいのだから一匹だけ置いて行くのはかあいそうだと主張し、柏木は、そんなら、トムとユキを置いてってくれよ、と哀願したそうで、しばらく考えていた彼女は、まあ、はっきり言ってあたしはユキママとモペちゃんの方が好きだから、そうすることにすると言って、翌日の午前中猫二匹（白い太った去勢猫と脚先きと胸が白い黒トラの去勢猫）を連れて置いていったそうで、それはまあ、柏木にとって不幸中の幸いだね、あいつ、猫を可愛がってたからなあ、それが一ヵ月程前の出来事で、結局昨日、柏木は離婚届に判を押して郵送し、それでまあ、ぼくと飲んだんだ、ショックだったよ、と、夫は言い、純子さんは四十歳なんだからなあ、勇気があるってことになるのかもしれないけど、やり方が、なんて言うか陰険じゃないかなあ、と考え込むのだった。

夏実は、うーんと考え込み、純子さんのことをよく知っていたというわけではなかったが、あの人なら、なんて言うか、こう何考えてるのかわかんない人だから、そういうやり方をするかもしれない、と思い、つぎに、それはやっぱり子供がいないから出来ることだ、と思ったので、子供がいないから、出来るのね、と夫に言うと、夫は、それはそうかもしれないけど、それじゃあ、子供のいない夫婦の絆って、そんなに曖昧であやふやなものなのか、と、なんだかどこかで読んだというか、安っぽいテレビドラマの台詞のようなことを言うので、それは愛でしょ、と夏実は言ってやった。

離婚した純子さんから電話があって、とてもサバサバした声で、そんなわけで御報告、と言うのだった。夏実は彼女の離婚のことを夫から聞いていたのだけれど、そのことは言わずに、そうだったの、それは何かとお疲れさまでした、と答え、純子さんは、離婚したってことを言って、お疲れさまでしたって言われたの、はじめてねえ、普通は、大変だったわねえ、でも、あなた勇気があるわよ、とかなんとか言うけどねえ、と笑うので、夏実はだって、やっぱり疲れたでしょう? 何かとさ、考えただけで、やっぱり疲れそうだもの、身も心も、面倒臭がりの人間には出来るってことじゃないわよ、と答え、純子さんは、そうねえ、やっぱり疲れたことは疲れたけど、夏実さん、もう柏木の方から情報が入ってるでしょうけど、うちの場合、ほら、女のことやら男のことやらの情痴方面のことがからんでなかったからね、精神的にはスコブル快調なのよ、ただ、引っ越しやら何やらで少し疲れたけど、と言うので、何と答えていいのかわからず、とりあえず、カマトトでもあるのだけれど本当に世間知らずの専業主婦といった口調の、いくらかオーヴァー気味な発声で、そう、えらいのねえ、あなたって、と答えながら、夏実は、離婚のことを話すのに、「うちの場合」って言い方はなんとなく奇妙だなと思い、後で「うち」っていう言葉は個人を意味しないでしょう? でも、離婚っていうのは、「うち」をこわして、個人として外へ出て行くことのはずなんだから、どうでもいいけどさ、この場合はせめて、あたしたちの場合とかなんとか、言ったほうがいいのよ、とにかく、純子さんの場合は、と、夏実が、言うと、夫は、どっちにしたって彼女は家を出てったんだから、そんな細かい言葉づかいにこだわったって意味がないじゃないか、「個」の確立なんて青くさいこと言うなよ、ぼくは彼女の風林火山的徹底ぶりのやり方にびっくりしてるんで、離婚はまあ事情があればしかたないさ、と言い、安田と横堀さんの場合なんて、しかたがなかったろ、彼等の結婚パーティーで、ぼくたちは知りあったのにさあ、と夫は感慨深げに、一組が別れ、一組が結ばれるってところだね、しかしなあ、純子さんは、と絶句するのだった。

えらくなんて、ないけど。だからね、と純子さんは張りと艶のある明るい声で続け、あたし、充実した気持なのね、離婚のこと、親しくしてる叔母に――短歌を作ってる人なんだけど――報告にいったのよ、そしたらね、普通、そういう時って、たいていの人、大変だったわねえ、これからどうするの？　みたいなことをさ、同情顔で言うんだけど、その叔母は違うのね、そういう人なの、もともと、黙って話を聴いていて、そう、って一言いってから、こう言うの、これからあなたも素晴しい恋をしてちょうだいねって。素敵でしょう！　あたし、離婚を決意してからずっと、彼と最後に話をした時も一度も涙なんかこぼさなかったけど――彼は、泣いたのよねえ――それ聴いた時、泣いちゃったわ、だって、四十歳で離婚した女に、そんなこと言ってくれる人って、素晴しいと思わない？　あたし、なんだかね、とっても元気が出て勇気づけられて、まだまだ、これからだぞって、恋も人生も、これからだぞって、今はね、そういう気持なの。ほんとお？　と夏実はあいのてを入れ、純子さんは、恋人が出来たら紹介するわね、とクスクス笑って電話を切った。

そういう人がいるのよね、と松本さんに電話をして話すと、彼女は、ふうーん、と小馬鹿にしたような声を出し、よく言うわねえ、四十女に、素晴しい恋なんてさ、と言うのだった。短歌を作ってる人なんだって? ロマンチックよねえ、と言うので、でも、恋人は出来るかもしれないじゃないの、昔からさ、この道ばかりは、と言って人の絶句を誘うのがこの道なんだってよ、と答えると、そりゃあ、いないとは言わないよ、あたしが言ってんのはね、素晴しい恋っていう言い方のことさ、いかにも観念的っていうか、抽象的で、頭悪そうじゃないの、と苛立ち、だいたい、短歌なんか作る人って右翼の色キチガイよ、そう言うのが悪いんだったら、ロマン派で情念派だってことは確かなんだから、あたしは大嫌い、と断言し、テニスクラブに出かける時間だから、と言って電話を切りいそごうとするのだったが、あら、テニス始めたの? と訊くと、いつまで続くかわかんないけど、最近、体重増えたし、体がなまっちゃってるから、夏ちゃんもどう? と言い、そうねえ、と曖昧に口をにごすと、じゃあ、と言って電話を切ったので、夏実は子供たちのベッドのシーツを替え、取り替えたシーツを洗濯機に入れて、台所のシンクを洗剤入り金属たわしで磨いた。

ピンクの少しねばついた泡がステンレスの流し一面に広がり、金属たわしの細い針金が指にささってチクッと痛んだが、それはいつものことで気にする程のことではなく、いつも金属たわしを使いはじめて手を水で濡らしてしまってから、そうだったゴム手袋をはめて使えばよかった、と思うのだが、濡れた手をタオルでふいて改めてゴム手袋をはめるのも面倒臭くなって、そのまま続けてしまう。水道の蛇口をひねって、ピンクの洗剤を流そうとして水を出すと、つい蛇口から流れる透明なうねる紐のような水が排水口に小さな渦を巻いて吸い込まれるのを見つめて軽く放心してしまう。流しを洗いおわって、お茶を飲むつもりで、やかんに水をくんでいる時もそうで、水がやかんの口からあふれて流れ出しているのに、つい、それに引きこまれるように見つめていて、蛇口をしめることが出来ずにいると、めまいがして少しクラクラして、そうやって、かなり長い時間がたったような気がしたのだが、もちろん、三十秒くらいの間のことで、我にかえって蛇口をひねり、やかんの口一杯になってる水を捨ててガステーブルに置いて点火した。

なにかやってる途中で、なんとなく、ぼんやりして、ふっとめまいがするようなこと、ない？　と、夫に訊いてみると、夫は、そりゃあ、貧血気味なのと違う？　どれどれ、ちょっと見せて、と眼の下の皮膚をアカンベーをする時のように指で押えて見て、大丈夫、大丈夫、ちゃんと赤い血の色がしてるよ、と言い、こうやると面白い顔になるよ、何かに似てるな、何だろう、と首をかしげ、そういうことも、なんだかひどく幼稚に思えて苛立つのだった。

夫が、ふいに思い出したように、柏木の奴、あいつは悪い奴だな、純子さんが出て行って、あんなにショックだ、今度ばかりはこたえたと言っていたのに、もう別の女と一緒に暮してる、と言うので、そうなの？ と夏実は言い、素晴しい恋かあ、とつぶやくと、夫が、えっ、何？ と言った。

柏木さんの再婚相手は、通信販売のカタログ誌の編集を請負っているプロダクションのスタイリストで、純子さんが家を出て行った後に仕事で知りあい、柏木さんが猫二匹（白い大きい猫、ひろった白黒トラの捨て猫——どちらも去勢ずみ——）と一緒に、猫たちはドライフーズとカン詰めばかりで自分は外食という惨めな食生活のさみしいやもめ暮しをしているとグチると、猫は大好きだけど自分のところのマンションは下の階に動物嫌いで潔癖性の大家が住んでいて猫が飼えないし、料理はクッキングスクールに通って調理師の免状も持ってるくらいだけど、この年になるまでいつも友達の結婚パーティーの仕出しを引き受けるばかりだから苦にならないし、行って作ってあげますよ、とごく気軽でさばさばした口調で言うものだから、柏木さんも助平心というか下心なしに、いやあ助かるよ、といった調子で付きあっているうち、そういうことになったのだそうだ、と夫は説明し、そういった成りゆきだから式だのなんだのはやらないけれど、親しい人を招待して家でパーティーを開くことにして、それに呼ばれていると言うのだったが、丁度その日に下の子が熱を出してしまったものだから夏実は欠席することになって、まだ柏木さんの奥さんという人には会っていない。

家を出てから純子さんに新しい相手が出来たという話は耳にしていなくて、その後何の連絡もないし、電話があった時も新住所は後ではがきで知らせると言ってそのままになっていたから気にはなるし、『手編みのすべて――基礎編Ｉ』という本を借りたままになっていたし、純子さんが遊びに来た時に忘れていって、ついでの時に持ってきてくれるなり取りに行くからと言っていたオレンジの果実と白い花の絵のプリントの高級傘もそのままになっていて、手編みの解説書はともかく――また編物をすることがあれば開くだろうけれど――ブルーの地に、写実的に緑色の葉と茶色の枝とオレンジ色の果実と白い花の柄の描かれた木製の柄付きの木綿地の雨傘を使うと、陰気な雨の日が明るい気分になるという考え方もあるだろうけれど、趣味ではなかったから使うという気にはなれなくて、玄関の傘立に置いたままになっていたのが、馬事公苑での花見を兼ねて、下の子が入学したのを機会に、パパの使っていた古い机の脚を切って間にあわせていたお兄ちゃんの勉強机と一緒に知っている業者に注文して新調することになった勉強机の寸法をはかりに来てくれたせっちゃんが、帰る間際に降って来た雨でさして行くことになり、せっちゃんは傘の柄を見て、みかんの花が咲いている思い出の丘青い海、と、さあいている、という部分で調子を外して歌いながら帰っていった。

幼稚園と違って毎朝お弁当を持たせてやることと、送迎用の小型バスの時間にあわせて信号を渡って農大の前まで送り迎えをすることがなくなり、お兄ちゃんと二人一緒に区立の小学校に通学することになったのは、とても楽で、青葉幼稚園の年長組では、私立の小学校に御入学した子が結構いたし、学区が違うので同じ小学校に通うことになった子は四人しかいないのも、おかあさん方のことを思い出すとほっとしたことの一つで、こうなるとやっぱり、パートで働くことも含めて、何かやらないわけにはいかないのではないか、という気もするのだったが、せっちゃんや松本さんに、そのことを相談すると、四十近い何のキャリアもない主婦の働き口の相談をされても、あたしたちのようなキャリアウーマンにはお門違いだもの、見当もつかないよ、図々しいんじゃない？　というニュアンスで冷たくあしらわれたのは当然かもしれないけれど、やっぱり頭に来たので、去年の秋、せっちゃんにコピイをもらった桑原甲子雄写真展について書いた小説家の文章を読んだ時、ここに出て来る女の人たちがせっちゃんと松本さんに凄く似てると思って桃子ちゃんに電話で説明して笑いあったことを思い出し、そう言えばさ、あれ、せっちゃんと松本さんみたいな人が出て来て面白かった、と言うと、そう？　まあ、そんなもんなんじゃないの、と笑い、少し声の調子を変えて、あたしが専業主婦だったらさ、経済的にどうしてももう少し収入が必要だという場合じゃなければ働きになんかいかないで退屈してるな、あたし、もともと外に出るの嫌いで家にじっとしてるのが好きだしね、と、つくづく、といった調子で言うのだったけれど、夏実は、デパートの食料品売場で働いている、見るからにパート然としたやや太目の主婦たちが、駄目、駄目、これはおいしくないから、こっちの方がいいわよ、などと片眼をつぶるようにして主婦同士のよしみでそっと教えるといった調子で言って自分の働いている売場の漬け物なり揚げ物なりをすすめるのに出あったりすると、うーん、これなら自分にも出来そうじゃないかと思ったりもしながら、でも、あれは案外主婦相手の販売の高等テクニックで、主婦同士という親しみを感じさせるというマニュアルなのかもしれないなどとも思い、相変らず、何ということもなく小忙しく、まとまりのない寸断された時間が気がつくと過ぎていて、六月に入ってすぐ母親が白内障の手術で入院することになり、手術そのものはそう大変ではないのだが、入院中、とうさんの面倒を見てやってくれないかという電話で、一人でも多少の家事くらいは出来るように慣らしておけばよかったのに、つい教えるのが面倒臭いし苛々するものだから、自分でやっていたけど、こういう事もあるんだから、やっぱりダンナには家事をちゃんと仕込んどくべきだね、あんたも今からそうしといたほうがいいよ、という意見を語った後で、悪いけど何日か、昼間だけでも目白に来てやってよ、と言うのだった。

下落合の病院に寄って母親の様子を見てから目白の家に行くと、父親は、かあさんは心配してたけど、おれだって一人で何とかやれるよ、電子レンジだって使えるし、学生時代には社研のセッツルメントで山谷でスキー汁を作ったりしたことだってあるし、だいたい、何言ってるんだ、きみたちが生れた時だって、かあさんは入院して、その間二度ともおれは一人でちゃんとやってたんだからな、と、三十何年も前の経験を持ち出し、その日は目白に泊ることになり——夫と子供たちは、マンションの近くに新しく開店した中華料理屋で夕食を食べることになっていたので——父親は、きみも骨休めのつもりで何もすることはないから、寿司でもとればいい、と言うのだったが、それだけじゃあ栄養的に不足するからと、夏実は、新ジャガイモとキャベツと人参、キヌサヤと油揚げの煮物と、とろろこぶのお汁を拵え、テレビを入れたまま、とりとめのない短い会話を間にはさんで夕食をすませた後で、そう言えば雪ケ谷のおばあちゃんの荷物のなかから、こんな写真が出て来たよ、渡してやろうってかあさんが言ってたけど、と居間の茶簞笥の引き出しから角封筒に入った写真を父親が取り出して来たので、えっ、何？　知らないよ、と言って手札判の白黒の写真を見ると、夏実にはまったく記憶がなかったのだが、そこに写っている自分の着ているのが白地に赤い小さな水玉の袖無しのワンピースだったので、それを作ってもらったのが、幼稚園の二年目の時で、翌年小学校に入学してから急に背丈も伸びて体も大きくなったものだから、前の年の夏におばあちゃんが作ってくれたワンピースの裾をおろしても、ウエストの位置が間の抜けた感じで三、四センチ上になってしまい、袖付けもきつくて着られなくなったのを、母親が、びっくりしたように、夏草のようにグングン伸びるというのはこういうことだねえ、と言ったのを覚えているから、幼稚園の二年目だということはすぐにわかったのだが、それは雪ケ谷の家の庭のナツメの木の下で、まだ赤ン坊らしさの残る弟と自分がゴザを敷いた上で眠っていて、そこから少しだけ離れた籐椅子に座って脚を組んだ麦わら帽子を被った雪ケ谷のおじさんが、口もとに微かに微笑を浮べてカメラの方を見ている写真で、夏実は弟とクマのぬいぐるみと——雪ケ谷のおじさんが子供の時から持っていたもの——眼の色が左右で違っていた白猫のミミと一緒に気持良さそうに眠っていて何も覚えていないのだが、なんでこんな珍しい写真を、おばあちゃんは家にくれるのを忘れていたのだろう、と父親は不思議がり、目白に来てくれと言っても駄目だし、それなら、ぼくたちが雪ケ谷に移ってもいいと言ってもいやがって一人暮しをつづけてたんだから、気の強い人だったよ、と、ぽつりと言い、おばあちゃんが死んでから二十年になると言うので、夏実はなんだかひどく不思議な気がした。翌日は昼すぎにもう一度病院に顔出しすることにして、午後は久しぶりに目白の町を歩いた。目白通りの古本屋の店頭に百五十円均一の文庫本を並べたスタンドがあってふと立ちどまったのはどういう加減だったのか、なんとなく本を読みたいという気がしたのは、夕食の後で父親がソファに寝そべって、久しぶりに来てくれたのに、悪いけど続きを読んじゃいたいからと言って推理小説——多分、そうだったのだろう——を読んでいるのを見たせいだったかもしれず、エドナ・オブライエンとアイリス・マードックという名前は知らなかったけれど、カヴァーの絵が女性誌のイラストなどで見る女性イラストレーターの親しみやすいというか、下品な感じでいかにも小説っぽい絵だったので、なんとなく手に取り、カヴァーの後側に書いてある内容の説明を読んだ。

一冊は〈「かつて、わたしはあのひとの元に行こうと、離れようと、すべてあの人の意志に従っているだけだと思っていたわ。でも、それはすべて幻影だったの」両目が茶色と青の奇怪な魅惑者ミッシャ・フォックスをめぐって美貌の外交官令嬢、密入国者、学者、高級官僚など様々な人間達が妖しく織りなす寓話的世界……〉と書いてあり、眼の色が片方ずつ違うといえば、雪ケ谷のおじさんの飼っていた猫が眼の色が片方ずつ違って緑色とブルーの白い大きなペルシャの血の混っていたらしい毛の長い猫で――どっちの眼がブルーだったのか緑だったのか覚えていないけれど、緑色の方の眼は光線の具合で金色がかった茶色にも見えるのだった――そういう眼の色が左右で違う猫は、遺伝の関係で耳がきこえない場合が多いとおじさんは言っていたのだったが、その猫はそういう風には見えなかった、ということを思い出したのだが、それは関係のないことで、もう一冊は〈粗暴な夫と別れ、何人かの男とも交渉をもった女性ノーラ。だが、肉体の充足は得ても精神はいつも空虚だった。満たされぬ思いでいる時、息子の親友ハートを知り、激しく愛しあう。だが、愛撫のさなか、突然の破局がふたりを襲う……〉と書いてあり、息子の親友と激しく愛しあうというのは、これはどう考えても近親相姦の変形ということなのだろうけれど、そういうことも、目白のマンションに住んでいた時一階上の階の一番大きな部屋に住んでいたダンナさんがスイスの文化アタッシェをやってる――と言っても、何をやってるのか良くわからなかったけれど、なんでも映像方面の仕事にかかわっているのだという話——マサコさんは詩を書いていて（同人誌をやっているのだ）、十六歳だかのスイスの寄宿学校に行っている金髪の息子は夏実も一度見たことがあるけれど、ハゲでオーデコロンをプンプンさせている間の抜けた感じの父親に似ず、母親に似ていないのはもちろんの美少年で、マサコさんは、あの子のことを考えると、娘の場合にはそんなことないのに、なんていうの、血が騒ぐ、というのが母親の実感ね、と疑いようのないというか人をたじろがせる程の率直さで言っていたことがあったし、実感としてはまるでわからないけれど、世の中には、身も世もなく自分の息子が無条件で愛しいと思う女の人がいるということは、確かな事実なのかもしれないのだが、自分の母親の弟に対する態度や、夫の母親の息子に対する態度を見ていても、そう言った溺愛的傾向はどうも無いようで、雪ケ谷のおじさんに対して、おばあちゃんがそうだったのかもしれないなどとふと思ったりもしたのだが、それはそれとして、表紙の裏に書かれた宣伝用の文章を読むかぎり、そりゃあ、当然、こういう物語には破局がつきものだ、と思いながらたまにはこういうドラマチックで、こう思いきり現実から遠く離れたロマンチックで波瀾に富んだ小説を読もうかとも思ったのと、なにしろ百五十円均一というのが半額以下の値段で安かったので、たとえ途中で退屈して読むのをやめてしまったとしても損ではなかったので買うことにした。

目白の駅前で、サーヴィス品のバタ焼き用牛肉とロース・ハムとベーコンを買い、志むらで子供たちの好きだったあんドーナツと柏もちを買って、野菜や牛乳は目白で買ってしまうと荷物になるので、マンションの近くのスーパーマーケットで帰りがけに買うことにし、新しく出来た喫茶店でコーヒーとキャロットケーキを注文し、バッグから文庫本の入った紙袋を出して、一冊を開いてパラパラめくっても、どうもあまり興味がわかず、キャロットケーキはあっさりした味で、まずまずおいしかったし、お店の雰囲気も小ざっぱりとしたログ・キャビン風で気に入ったけれど、客がたてこんでいる喫茶店では、激しい愛も、奇怪な魅惑者も粗暴な夫も、肉体の充足はあるのに空虚な精神についても、数ページも集中して活字が追えず、とにかく、家でゆっくり読むことにしよう、と思った。この息子の親友と激しく愛しあう女主人公の登場する筋は、なんだか以前テレビドラマ（もちろん日本の）で見たことがあったのか、それとも小説で読んだのか、どっちにしてもそっくりの筋のものを見たか読んだかしたという気がしたし、あれは、それとも死んだ息子の親友と恋愛して苦悩する女主人公だったのか、案外そういう自己愛の変形したものとセックスをしたいという願望を持ってる女の人は多いのかと思い、買物をした物の入ったバッグを持って、テーブルの上の勘定書きを取って勘定をすませて外に出ると、隣の席で雑誌を読んでいた青年が追いかけて来て声をかけたのである。ピンクの安物のポロシャツを着てブルージーンズの、どちらかと言うと野暮ったい、アパート住いをしてる地方出身の学生といった青年で、その真面目そうな青年は、あの、これ、と言って本を差し出すので、夏実はけげんそうな顔をし、青年は、これ、忘れてったみたい、と言った。別に、この若い青年は私に話しかけたかったというわけじゃあなかったのか、と思いながら、あっ、どうも有難う、持ちなれないものを持ったから、つい、忘れちゃうのよねえ、おばさんって、と半ば本気半ばはそんなことない、という顔をされることを期待しないわけでもなく言うと、青年は、真面目にうなずいて、ぼくもつい電車の吊り棚に本を置いて忘れて来ることがあると答えたので、じゃあ、大変な散財ね、と夏実は眼を丸くして言い、青年は笑って、そう年中忘れるってわけでもないけど、と言うのだった。なにしろ、二人とも今お茶を飲んだばかりなのだから、この人にしたって、あたしをお茶に誘うってわけにはいかないわよねえ、と夏実は少し残念に思ったものだったが、本を受け取って、もう一度、有難う、と言い、これ、さっき買ったばかりの本でまだ読んでいないんですものね、と笑い、青年は、じゃあ、と言って引きかえして行った。

それが、どうというわけでもないのだけれど、専業主婦というものは夫以外の男性と口をきくということが本当にマレなのだ、と夏実は目白から新宿までの電車のなかで思い、マンションの管理人（あのジイさんを男として、だが）と、近所にトラックで売りに来る産地直送の八百屋の頭にタオルのはち巻きをした、まっ黒に日焼けしたおじさん（奥さん、今度、デートしようよ、と誰かれにそれがお愛相のつもりらしく声をかけ、近所の奥さんが、そいだけ稼いでんだから、六本木あたりでね、と笑うと、おじさんは、稼いでいるんだからという言葉に敏感に反応して、とんでもないよ、いつもいつも出血大サーヴィスだからね、もうけは薄いんだよ、と真顔になり、近所の奥さんは、何言ってんのよ、薄利多売て言うじゃないの、と答える）くらいなものでマンションの入口は暗証ボタンを押さないと開かないので、セールスマンがやって来ることもなかったし、息子の通ってる小学校の担任教師は二人ともヴェテランの女性教師で、行きつけの美容院でいつも頼む美容師も女だったし、ボーイフレンドだった男たちともむろん結婚以来会うこともなかったし、それが別に残念とか惜しいことをしたというわけでもなかったが、考えてみれば、女性雑誌のグラビアに登場する実際の年齢よりずっと若く見える各種職業で活躍している女の人たちが、いつまでも女として魅力的で刺激的な存在でいたい、と言う意味のことを言うのは、ようするに性的な存在でありつづけたいということなのだろうが、自分は、若い娘の時はこっちが意識しようとしまいとそうとしか扱われなかったのが、気が付いてみれば、若い娘の頃と同じくらい無意識に、今度は、脱性化したおばさんとして扱われていることを気にさえしていないような気がする、と夏実は思い、山手線のホームから小田急のホームまでの混雑した人混みの行きかう地下道をせかせか歩いてプラットホームに停車している小田急線の空いている車輛に乗り込み、茶色の合成皮革の、案外な重さになっているショッピングバッグを膝の上に乗せ、なんとなく溜息を吐いた。だから、それがどうというわけでもないのだけれど、でも、考えてみれば奇妙なことではないだろうか、と夏実は思い、車内アナウンスの調子をつけた少しなまりのある声が発車を告げて、閉まるドアに御注意をうながし、電動式ドアの閉まる空気のもれるような音とレールを車輪が動き出す金属的な擦過音が響き、それは異様な事なのではないだろうかとも思えて、どちらも恋愛が重要な役割のドラマチックでそのうえ宗教的なモラルと存在の意味を問うらしいアイリス・マードックとエドナ・オブライエンの小説を、まだ読みはじめてもいないのに、なんで恋愛小説と自分の生きている現実はこうも違うのだろうと、別に不思議でもなんでもない当然のことが、ふと奇妙というかおかしなことに思え、このまま、夫以外の男と知りあう機会なんかないまま平穏無事に退屈して暮して行くのかと思うと、他人の事のように、なるほどねえ、という言葉が口に出かかり、斜め前あたりで吊り革を二つ持って前かがみになった二人と席に座っている二人の四人の男の高校生が、何度も電話して来てうるさいから、しかたなくつきあったんだけど、サテンで、あたしのこと好きか、なんて何度も訊くから、そんなこと、関係ねえーだろうーって黙ってたら、ナオミちゃんを好きなんでしょって、いきなり怒って、関係ねえーだろうーって言ったら、ぶうたれて、出て行っちゃって、ほんと、うるせえ、うるせえ、関係ねえーだろう、勝手に電話してきて、知らねえよ、女の子はやだよ、うるさくて面倒臭くて、すぐ物をくれたがって、ビデオ借りて来て見てるほうがずっといいよ、面倒臭くなくて、いやだよ、女の子は、文句ばっかりで、何もしてないのに好きとか嫌いとか、ビデオでタイプの女見てるのがいいよ、と大声で言いあい、夏実の右側にはアンサンブル・スタイルの喪服に真珠のネックレスを着けた三人の六十代の女たちが紀文の竹輪は凄くまずいという話をしていて、両方の話声が入り混って聞えてくる。あなたの方は荒ゴミの収集日は週に何日あるの、あら、あれは家の方じゃあ有料よ、去年、息子夫婦と子供二人と一緒に住むことになって息子たちもずい分荷物を整理したって言うんだけど、結局、こっちの方がいっぱい捨てることになって、だって、もったいないなんて言ってられないもの、そうよねえ、お互い広々したとこに住んでるわけじゃないんだし、身体検査でパンツ一枚になるのがわかってるのに、あんなダッセエおやじパンツはいて来るのは、そんなに勉強が出来るんなら、何もウチラみたい高校来ることなかっただろって言ってやりてえ、川本と佐々木だけだよ、おふくろの奴、下着買うから五千円くれって言ったら、なんでそんなに下着が高いのよ、変なの買うんじゃないんでしょうねだって、でね、息子のイギリスでの同僚の人だったんだけど、自分が赤ちゃんの時に着たベビー服――こーんなにびっしりスモッキングのしてある、そりゃあ立派な物よ、少し黄ばんでたけどね――お祝いにくださって、まあ、よく取ってあるのねえ古いものを、そりゃあ、ほら、むこうは家が広いから、屋根裏部屋とか地下室とかあって、そうねえ、ほんとよねえ、電話代が三万八千円になっちゃって、親父が怒ること怒ること、どうしてそんなになっちゃったんだよ、野村のやつ、自分でかけてきた時にはあんまり喋らないで用事だけ言うのに、こっちからかけると、どうでもいいようなことをあだこうだと喋るし、あいつ、彼女いるだろ、彼女があだこうだって、切るぜって言うと、まだいいじゃねえかって、そういうことになるんだよ、でも、三万八千円というのは……、そういうことになっちゃうんだよ、うるせえな、親父かよ、おまえ、だからね、あるのよ、そういうこと、お嫁さんが働きに出るとね、そりゃあ今時の人は子供から手が離れたらみんな外で、なんだかんだ働きたいわよ、あたしたちの頃とは違うもの、自分の収入になるんだもの、兄のところの、千葉なんだけど、嫁が仕事はじめて稼ぎがいいもんだから新車を買って、朝お勤めに出る時ダンナを乗せてってやらないんだって、乗せると汚れるからって、ダンナの方は古い車自分で運転してるのよ、筋肉つけたいよな、デブんなるのはやだけどさ、川本や佐々木みたいに、細っこくてよ、ヒョロヒョロじゃカッコ悪いぜ、やっぱ、筋肉、このあたりにさ、こう付くと、服着てもカッコいいんだよ、ムキムキマンかよ、そりゃあオーヴァーなの、ちょっとでいいんだよ、服がカッコ良く見えればいいんだから、と高い声で、高校生と六十代の女たちは話しつづけ、夏実は、今夜はすき焼きではなくスパゲッティ・ミートソースにしようと思い、戸棚と冷蔵庫の中味を思い浮べながら、スーパーマーケットで買わなければならないのは、トマトの水煮カン、パセリとバジル、粉チーズ、スパゲッティ、と頭の中で考え、マーケットの中の様子をいつものように、入ってすぐ左手横に葉物、根菜、トマト、キュウリと並ぶ野菜のショーケースと通路をはさんで、果物とキノコ類と乳製品、奥まったところに紀ノ国屋とパスコのパン売場、その隣がハム・ソーセージと西洋風そうざい売場、その隣には天ぷらとカツとコロッケのガラスケース、右手横にミルクと乳飲料、フライパンや鍋や焼きあみ、ふきん、ゴミ袋、アルミホイル、ラップなどの台所用品、通路をはさんで、台所用と洗濯用と住居用、風呂場用、トイレ用の何種類もの洗剤や漂白剤や柔軟仕あげ剤、食器、紙ナプキンや紙コップ、様々なかたちをした保存用プラスチック容器、プラスチックの蓋とボール紙の台紙に一つ一つパックされて整然と並べられているレードルやせん抜きやカン切りやキッチンばさみ、派手な色の袋に入った何種類ものインスタントラーメンとカップめんとシリアル、鮮魚売場の冷蔵ショーケースにはステンレスの網の上に高級魚が何種類か置いてあることもあるけれど、そこへ行くのは火曜の魚特売日だったから、サーヴィス品のマグロとタイとハマチとタコの刺身のトレーが並び、隣のケースにはいつも決ってパック入りのしじみとあさりとはまぐり、生の海藻類、その横に、全部トレーに入ってパックされたマグロのブツ切りと中落ち、ゆでダコ、タマゴ焼き、うなぎの蒲焼き、イクラ、イカ、アオヤギ、さらに、生イカ、甘塩タラ、スケソウダラ、生鮭切身、アコウ鯛切身、イワシ、アジ、から揚げ用小アジ、から揚げ用ワカサギ、加工用ホタテ貝柱、蒸しホタテ貝、太刀魚切身、隣の冷凍魚のショーケースには、大きさで何種類かにわけられているブラックタイガー、大正エビ、エビむき身、あさりむき身、白身魚のすりみ、ミックス・シーフード、ホタテ貝柱、その隣の肉売場には、半調理製品のカツ、ヤキトリ、竹ぐしにさしたサイコロステーキ、ロールキャベツ、ハンバーグ、鳥肉、牛豚あいびき、牛ひき肉、豚ひき肉（赤味80%以上保証！　のラベル）のトレー入りパック、輸入牛肉、国産牛肉、和牛、黒豚、クリーン・ポークのロースとももとバラの薄切りと切身とかたまりのパックと、バタ焼用と焼肉用とスキヤキ用としゃぶしゃぶ用のパック、牛肉専用のショーケースには、少し高級なタンやステーキやスキヤキやローストの肉、その隣の棚には、大量のカレー関係のレトルト食品から香辛料の類い、中国とエスニックの食材、レトルトパックのおかゆとたきこみ御飯の素各種、通路をはさんだ棚には、しょうゆとソースと高級輸入食品のバルサミコやオリーヴ油やワイン・ヴィネガー、ボヴリル、アンチョビソース、各種のみそ、各種の塩、と半ば無意識に考えつづけ、バタ焼き用の牛肉を買ってしまったけれど、それはフードプロセッサーでミンチにすればいいわけだから、と考えているうちに、少し吐き気がして、電車の振動とは別の軽いめまいのように眼の前が微かに揺れる。

あとがき

もうかなり以前、東京郊外に新開発された住宅地のマンションに住む知人夫婦を訪ねたことがあります。

十三階だったか十四階だったか、ベランダから見た、新宿の超高層ビル群とそのまわりに弧を描くようにして広がっている大小まちまちのビルと小さな家がぎっしりと並んでいる風景は、およそ美しいとは言えなくて、夜になって光のきらめく夜景が広がっても、あの昼間の茫漠と白じらしく、ただただ、のっぺりと広がっている都市の遠景を思い出すと、光にあふれている夜景はそれなりに美しくは見え、だからこそ何かとてつもないボロ隠しのように思えました。

その夫婦は、その後離婚したのですが、ピーター・ラビットのぬいぐるみとグッズのあふれた部屋と夫婦のよそよそしさを思い出すと、何か抑圧された主婦のありふれた日常的な狂気を、見たくもないのに見てしまったとでも言うような、苛立たしい気持になったものです。主婦がなぜ、軽かったり重かったりする狂気におちこむことになるのか、というようなことは、実のところ書いてもしかたのないことで——そういうことを巧みに書ける人は、沢山いるように見えますし——私は、もっと薄っすらとした、この、のっぺりとした都市に住む、良く知っている女の人たちの軽いめまいについて書きました。

不倫をするわけでもなく、自立して自己を発見しようと試みるわけでもなく、いわば何一つ劇的なことなどおきなかった三十何年かの人生を、時には物も考えるし、あれこれ悩んだり感動したり発見したりしながら、なんとなく生きて来た女の人が、軽いめまいのようにして感じる、それほど特権的でもなければ、存在や魂の深部にとどくというほどでもないのだけれど、ふと、自己や記憶をなまなましい名付けようのない、けれども、かけがえのない何かとして感じる瞬間について、書いてみようと思ったのは、おそらく、私自身がそうした軽いめまいを、およそ変化というものに乏しい日常生活のなかで体験するからなのでしょう。

『家庭画報』（一九八八年二月〜十二月）に一回七枚ほどの分量の掌篇として連載した「軽いめまい」を元にしておりますが、主人公の名前と、夫婦と子供二人のマンション暮しという設定と幾つかのエピソードを残して、本書にまとめるため、ほとんど新しく書き加えた部分によって『軽いめまい』は出来ています。

本文中の「屈折と倫理」、「光の今」は『deja-vu』(一九九三年16号)、『桑原甲子雄写真展カタログ』(一九九五年・ステーション・ギャラリー)に発表したものですが、当初から、『軽いめまい』と名付けられる小説のなかに収める計画で書かれたものです。『軽いめまい』の原稿から手が離れ、こうしてあとがきを書いていると、私はつくづく自分が、いわゆる「ドラマチック」な出来事に興味を持てない作家なのだという気がしてきます。

夏実にも、これからドラマチックな事件はおきないでしょう。何かがおこるとしたら、それはおそらく、また別の小説のなかで、書かれることになるでしょう。

一九九七年春

金井美恵子

めまいに寄せて

著者から読者へ
金井美恵子

「著者から読者へ」とタイトルの付いたこのページを書くことになって、たまたま手近にあった文芸文庫『砂の粒／孤独な場所で』（二〇一四年）を開いてみたところ、そこには「我ながら驚いてしまうのは、変わらず同じことを書いてい」て「同じことに対して苛立ち疑問を持ちつづけているようです」と書いてありました。その先きに続く文章を引用して、このささやかな文庫の後がきにしても、著者としてはまったく違和感はないのですが、ここにはエッセイ集『重箱のすみ』（一九九八年）に収められている、めまい関連で「めまいの映画史」という短いエッセイを再録して、読者への挨拶にかえたいと思います。

今日は十一月三日で、私は七十七歳になりました。それがどういう訳のものでもないのですが、四十年近くも前に最初の章を書いた自分の小説とエッセイを、久しぶりに読むという楽しみが、ゲラを読み、こうして後がきを記すことで、考えていた以上に楽しかったのは、喜寿のせいでしょうか。

ゆるやかな、しかし急速でもあるめまいに襲われるように、あるいは、何かが、風にはためく長いリボンとか、移動する視線がとらえる川の流れとか、青い青い空に流れるカイコの吐く糸のように薄い雲、といった動きと連続によって〈映像〉というよりは、なまなましいフィルムという物質を連想させずにはおかない流れと動きのなかで、何かのどこかが切断される。

その切断されたかすかな時間がひきのばされ、ゆるやかな、しかし思いもかけぬスピードと失速と静止によって、その場にいる者に、めまいに似た身体感覚をひきおこさずにはおかないのが『勝手に逃げろ／人生』という映画である。そうした危険なめまいの意味を知ろうとして、つい、私たちは〈映画史〉のなかから思いあたる〈症例〉を見つけてみたいという気持にかられてしまいもするのだし、そもそも映画とは〈めまいの歴史〉ではなかったか、と思いあたりもするのだ。

銀輪をきらめかせる自転車を疾走させるナタリー・バイの、たとえばトリュフォーの映画のなかで、それを見ている少年たちの視線をくぎ付けにする、ふともも と性器を自転車に接触させる女優との違い、〈選ぶこと〉を拒否して男に顔を殴りつけられる赤毛の女のざわめき揺れ動く動物のようでもあり、精巧に作られた物質でもあるような長い髪と、リタ・ヘイワースやブリジット・バルドーの豊かにゆるやかに揺れる髪の毛との違い、食卓をとびこして女を殴りつける男と、台所のテーブルの上でのありふれた獣欲的なセックスとの違いについて考えてもいいだろうし、テレビの仕事をやめたナタリー・バイの新しい仕事である、サイロに入れられた飼料がボタンの操作一つで何十頭もの牛に与えられるスイスの工場化された農場の〈商売〉と、娼婦のイザベル・ユペールと客との間で行われる、性交というよりは、肛門や性器や口唇を使用して、それぞれが交互に出し入れされる行為についてのファンタスムとしての〈商売〉と、イザベル・ユペールの客たちが行っている〈数〉の取りひきとしての〈商売〉と、あの奇妙なめまいをひきおこすコマ伸ばしのストップモーションとスローモーションのなかで貧弱な尻が強調されることになるジャック・デュトロン（ポール・ゴダール）の〈栄華と衰退〉の歴史である〈映画というささやかな商売〉も、月に一度娘と一緒に元の夫と食事をして一定の金額の小切手を受け取る〈商売〉でもある離婚も、小切手の出どころであり、娼婦の〈客〉である男たちの〈数〉を支配する〈銀行〉の〈商売〉も、それが〈商売〉である以上、不快なことにあたかも円滑なシステムであるかのように機能している、ということについて考えてもいいだろうし、ナタリー・バイの友人である男の地方の新聞の経営者と息子の関係については、あのロマンティックなヴィム・ヴェンダースの『さすらい』の真摯すぎる苦悩と追憶を、ふと思い出してみるのもいいかもしれないし、イザベル・ユペールの〈客〉が、アンナ・カリーナやマリナ・ヴラディのとった〈客〉とは〈客層〉が違っていることを考えてもいいだろうし、イザベル・ユペールが『パッション』では〈労働〉の権利を主張する女工になることを思い出すことも出来るだろう。

ゴダールは、「映画にとって私は何なのだろう?」という問いを、映画に対してはじめて発した映画作家である。映画とは何か? という問いであるならば、それはあらゆる凡百の人間によって発せられ、凡百の人間が、映画を撮ることや見せることや批評することで幾つもの〈解答〉を作りもしたし口にもしただろうし、そうした〈解答〉のなかには、幾つもの歴史的な〈未知〉の体験によって私たちの官能的体験を、〈映画〉に向けて開かせてくれたものも無数にあったのだし、あるのだし、ありつづけるだろう。フィルムとヴィデオという異質な、けれどもそのリボン状の可視と不可視の、光学と電子の、連続と静止の切断されひきのばされた瞬間と時間の空間のなかで〈めまい〉が誕生する。

ゆるやかな時間の遅延、あるいは時間の切断による空間のめまい、進行する物語に差し込まれ切り裂かれるゆるやかな遅延のひろがり。ボリス・バルネットの『青い青い海』のエレーナ・クジミナの首にかけたガラス玉のネックレスの糸が切れて、きらめくガラス玉がゆっくりと彼女の顔と首と胸をつたって落下し、ジャン・ヴィゴの『新学期 操行ゼロ』で羽枕の羽毛がゆっくりとゆっくりと浮遊しながら落下する長い瞬間、『勝手に逃げろ／人生』で〈選ぶこと〉を拒否して男に殴られる若い女の赤毛が左右上下にゆっくりと凶暴に揺れながらフィルムを覆う時、私たちは、〈映画〉と呼ばれているものが、存在にかかわる〈めまい〉でもあることを、突然発見してしまう。

それは物語のふりをしていた存在のめまいだったのではあるまいか。それは、そもそも漂い動く断片を寄せ集めることで、あたかも〈人生〉がそうであるように、〈物語〉を模倣してみせただけのファンタスムだったのではないだろうか。

一九九五年四月／『勝手に逃げろ／人生』パンフレット・広瀬プロダクション

（「めまいの映画史」『重箱のすみ』より）

『軽いめまい』英語版・巻末エッセイ

解説

ケイト・ザンブレノ

インテリア・デザイン

うん、あなたの言うとおりね、とソフィアは言った。シーツは家政婦が替えてくれるからやらなくていいって、たしかに私の友達も「家政婦」って言葉を使ってた、と彼女はKに向かって話を続けながら、信じられないという表情をしてみせた。友人どうしのソフィアとKがいるのはストランド書店の上階、従業員の休憩室も兼ねているらしい、蛍光灯に照らされた緑色の部屋で、この後、書店に集まった二十人ほどの人たちの前でソフィアの新刊について話すために待機しており、客数の少なさは残念ではあるものの、ちょうど雨が降り始めたところでもあったし、書店の方で七ドルもの入場料を設定しているのだから無理もなく、ただしKはその値段にかなり苛立ちを感じてもいた。ふたりが顔を合わせるのは、その年の春にKが書いた本のイベントに登壇するため、ソフィアが電車で市内にやって来たとき以来だったが、話し始めるとすぐに話題は十月に入ってからずっとメールで続けていたやり取りの続きになり、というのもその時期、偶然にもふたりとも数百万ドル級の高級住宅《ブラウンストーン》にしばらく住む機会があり、ソフィアが滞在していたのはオーディオブックの録音のために訪れたワシントンDCに住む幼なじみの家で、この日ニューヨークに来る前の晩も彼女はそこに泊まっていた。Kのほうは、上の娘が通う学校に近い、あるブラウンストーンの地下の照明の暗いワンルームに訳あって家族ごと引っ越し、二週間以上もそこで暮らすことになったのだが、建物の地上三階部分には元大学院生の彼女の教え子が夫と子どもと住んでいて、K一家がそこに滞在できたのも、彼女のおかげだった。そもそもそんなことになったのは、その秋、災難が連続して起こったからで、まずKの下の娘が鉛中毒であることが検査でわかり、そのせいで保健所から何度も人が訪ねて来て、ついには彼女たちの大家が家の内装の鉛の含有量を軽減させる策を取るよう命じられて、壁とドアと幅木を作り直し、塗り直すということになったのだった。ソフィアと会った週の初めに久しぶりに戻った自分の家はなんだか妙な感じで、壁やドアはまぶしいほど白く、けれど前よりも安い素材で作られていて、しかも傷や欠けのある元の表面の上からただ据え付けられただけの部分も多く、グレーのソファの上に置かれたクッションはすっかり色褪せて薄汚く見えたし、Kの大学での仕事が休みの月曜日に、引っ越し業者の助けを借り、八時間かけてクタクタになりながらすべての持ち物を元の家に運び入れはしたのだけれど、新しい壁には子どもの描いた絵も、夫の小さな絵画作品もなく、自分たちがその場所に住んでいたことを感じさせるような気配はすっかり消え去っていて、そしてたくさんの物が、どこかになくなってしまっていた。この家はどうしてこんなにきれいなの、と友人の家に客として滞在していたソフィアはその月の上旬、ほとんどパニック状態でKに書き送り、なぜ私はこんなふうにどこを見ても目に入る物すべてが清潔で心地よい、そんな暮らし方を心得ていないのだろう、と嘆いた。Kは今年になってすでに何度か裕福な人々の家の中で過ごす機会があって、たとえば娘が学校の友だちの家で遊ぶ約束をしてきたのに付き添ったり、現代的にリノベーションされた豪邸の地下階に居候する間に、ときどき日の当たる地上階に忍び込んでみたりしていた結果、ソフィアの問いへの返信として、お金、それに尽きます、と断言し、それに続けて、裕福な人たちはインテリア・コーディネーターを雇って、子どもの世話も外注して、フルタイムどころか定期的に働く必要もないし、それでみんな「アーティスト」を名乗っているの、でも経済的な緊急事態に陥ることもないから、何かを作り出す必要に迫られているわけでもなく、それを考えていると私はおかしくなりそうです、と書き送った。これに対して、お金だけってことはないと思う、と書いたソフィアからの返信には、幼なじみを擁護したいという彼女の気持ちが見え隠れしていて、そうね、莫大なお金を持っていることはたしかだけど、それでも家のことや内装を気にかけて、常に清潔にしておかなきゃいけないのは事実でしょ、私なんかは部屋が汚くて居心地が悪かろうと、ボロいソファからできれば動きたくないってタイプだけどね、とある。それでもKは、ソフィアの友達も間違いなく人を雇って家の掃除をさせているはず、と言い切り、週に二回の可能性すらある、だけどお金持ちはそういうことは言わないの、なんでも秘密にするんだから、と返信していたのだったが、その夜、人工的な雰囲気の漂う緑色の部屋で会話をするなかで、Kはその点について自分が正しかったことをソフィアに明かされても、ほらね、と思う気持ちにすらならなかった。それにしても、あの人たちはどうやってああいう物を見つけてくるの、と会う前にやり取りしていたメールにソフィアが書くと、Kは即座に、みんなインスタグラムをずっと見てるの！　だからまったく同じ物を持ってるでしょ！　と返信した。検索に検索を重ね、検索の傾向自体を検索することで、Kは娘の遊び友だちの家ではどこでも食卓に並んでいた、紫がかったグレーの陶器シリーズを揃えるのに正確にはいくらかかるのかを知ったのだ。あとほんの少しでもインスタグラムを続けてたら、私は死んでたかも、とソフィアが答えたところで、ほかのいくつかの話題に紛れていたこの些細なやり取りはしばらく止まっていたのだが、ふたりが実際に会ったことで、また再開されたのだった。

調度類や小物まで完璧にしつらえられた室内への尽きない憧れは、Kに『軽いめまい』のことを思い起こさせた。日本の作家、金井美恵子の一九九七年のその小説のことを、ふたりはもう何年にもわたって話題にし続けていて、英語版が出版されることになる前には、主にネット上で集められる情報から内容の推測を重ねていたのだが、ポリー・バートンによって日本語から翻訳され、ニューディレクションズ社から刊行されることになったその英語版に、Kは何かしらの文章を寄稿することが決まっていた。まだ誰にも共有しないでくださいね、と釘を刺されていたにもかかわらず、Kは送られてきた翻訳原稿のワードファイルを九月の時点ですぐにソフィアにも転送し、同じタイミングで読めるようにしていたので、ふたりのメッセージのやり取りは、実はこの小説のことを胸の内に抱えながらのものでもあった。小説の語り手である主婦の夏実も、やはり他人の住居をじっくり観察するような眼差しで捉え、カタログを眺めるかのごとく情報を集めるのだが、たとえば同じマンションに住む、自分たちより裕福で子どものいない夫婦の家で出されたお茶はジノリのフルーツ柄のティーカップに注がれていたという描写が、小説の二番目のセクションに出てくる。この作品は、それぞれが会話による接触を軸に構成された八つのセクションに分かれていて、元は、ある婦人雑誌の連載として発表されていた。ブラウンストーンの地下のワンルームで慣れない生活を送るKは、大学の仕事が休みの日、ベッドで昼寝をする下の子の隣で、出版社から送られた翻訳原稿をプリントアウトしたものを読もうとしてみたのだがなかなか集中できず、そのうち娘たちがヘリテージ・キルトのベッドカバーの上にページを撒き散らし始め——このキルトも、それにベッドも、この上なく上質な肌触りで、自分たちの家で使っていた十五年ものの寝具一式、特にあまりに黄ばんで見すぼらしいのを恥じた夫が仮住まいに持っていくのはやめようと言った白いベッドカバーよりも、ずっと心地よく感じられる——無機質な住環境と統一感のないインテリアのせいで、まるで出張の多いビジネスマン向けの長期滞在型ホテルの一室に、家族で一時的に滞在しているような気分になり、美しくしつらえられた日当たりのよい階上の部屋に入る貴重な機会があると、その強烈な対比がいよいよ際立った。大金持ちじゃなくても買えるシーツはどこに売ってるのよ、と以前ソフィアがメールに書いて来たときには、Kは夏休み中の八月に、自宅を一時的に貸し出す《サブレット》のに合わせて新しいタオルと一緒に購入した、アマゾンのプライベートブランドのオーガニック生地のシーツのリンクを送り、高級品じゃないけど質は悪くないよ、と書き添えた。私たちが汚い家を恥じる気持ちは、階級的なものよね、とKは続けて、引っ越し業者が来てすべての家具を運び出した後に、娘たちのベッドの下にあった雲みたいに大きな埃の塊が見えて、恐ろしい罪悪感と恥の感覚に襲われたの、家を汚くしていることに対しても、娘が鉛中毒になったことに対してもね、いつも掃き掃除をしようと思っているのにすごく忙しくて、床に落ちているおもちゃとゴミと濡れたタオルとパジャマを朝と晩に拾うだけで精一杯、すべてをただ拾い上げるために私は躍起になって走り回っています、と書き送った。『軽いめまい』の中で、うちは汚くて、と話す裕福な隣人の家は、語り手の夏実の批評的観察によればまるでショールームのようで、小さな子どもがふたりいて常に散らかり放題の夏実の家は、そんなふうにはなり得ない。書店の控え室に座って、とりとめのないおしゃべりを続ける友人どうしのふたりはそれぞれ、Kは子どもの世話と一週間分の大学での授業、それに加えて自宅に戻る引っ越しのために、ソフィアは午前中の授業を終えた後に電車で長時間の旅をしてきた上に、新刊発売の週の宣伝活動で著者として求められることを精一杯やりきったおかげで、働き過ぎて疲労がたまって、Kはいまソフィアの目の前でコソコソと身をくねらせてタイツを脱ぎ、それをバックパックにしまっても許されるほど自分とソフィアの仲は近しいものだろうかと迷いはしたが、行動には移さないことにした。クローゼットの奥から見つけ出したそのウォルフォードのタイツは、おそらく彼女が子どもたちを産む前、少なくとも二人目の赤ちゃんを出産する前に買ったものに違いなく、ウエストがきつく締めつけられていたうえに、上半身の矯正下着も窮屈で——彼女がこういう下着を身につけるのは、イベントに登壇するときとドレスを着るときだけなのだが——自宅を離れなくてはいけなかった数週の間、スーツケースの中でくしゃくしゃの黒い塊の一部と化していたシルクのドレスをシャワー室に一時間吊るしてスチームを当て、その下には夫に一枚ずつ匂いを嗅いでチェックしてもらったなかで、唯一パスした黒の授乳ブラをつけていた。たぶん彼女の体がこんなに浮腫んでいるのは、重い月経が終わりかけているところだからで、生理痛もまだ少しあり、普通の日用のナプキンに軽く出血もしていて、もう二歳になった娘を産んでからこれがまだ何度めかの月経で、登壇の前にも従業員用のトイレでナプキンをチェックしたのだが、そもそも妊娠する前から、彼女は自分の時間やお金を自分の体をケアするために使ったことなどほとんどなく、それどころか、自分の体のことをちゃんと考えたことすらほぼ無いに等しかった。あの人たちって健康にものすごく気を遣うよね、ソフィアはまったく異質な生き物たちを不思議がるように、Kにそう書き送っていた。ヨガだけじゃないの、と彼女は続け、毎日プールで泳いで、聞いたこともないスーパーフードを食べて、見るからにいきいきしてて、きっと永遠に死なない、とソフィアらしい、プンプン怒ったような調子が笑える文面を送ってきた。ねえ、みんないつかは死ぬでしょ、Kは励ますようにそう返信したが、ソフィアの恨みがましさや苛立ちの表現を、いつも通り楽しんでいた。あなただってもう少し時間があったら、きっとそんなふうに暮らせてたよ、Kはきっぱりそう書いた、もっと自由になる時間やお金があったなら。とは言いつつ、Kにもソフィアの苛立ちは理解できる——その日の朝、上の娘の学校で開かれた親子教室に下の子と参加したのだが、そこにいたのはツヤのある長い髪と輝くような美しい肌の女性たちばかり、そして彼女たちは、夏実のゴシップ好きの友人と同じように、非の打ちどころのないカジュアルな服装、アースカラーのニットのセットアップを美しい子どもたちとお揃いで着ている。彼女たちのほとんどが、以前はいくつかの家からなる集合住宅だった数百万ドル級のブラウンストーンを、一世帯の家族で住むために自分たちなりに改築して暮らしており、そのせいで以前そこに住んでいたアーティストたちや有色人種の家族たちがこの十年でほとんど追い出されてしまったという事実があり、Kはそのことに最近ようやく気づいたのだが、それは彼女がズィーロウとかストリートイージーとかリアルターといったオンラインの不動産データベースで住所検索をかけ、建物の歴史を調べるうちにわかって来たことで、そうして密かに怒りに燃えるのが、彼女の新しい趣味だった。母親たちがクェーカー教徒の手で作られた小さな木製の椅子に腰かけ、鼻水を垂らしている幼児たちが今日のクラスの初めにこねた、焼きたてのパンを食べながら、やれやれなかなか大変だったわねと言い合う間、それぞれの家の子守りたちは外でベビーカーと共に待機していて、子どもたちが手作りの編みぐるみの動物や木のおもちゃで一緒に遊ぶのを見守る母親たちはみんな編み物を持参しているのに対して、物を書いて生計を立てているKだけは、日常的に手作りをする忍耐もセンスも時間の余裕も持ち合わせていないので、ただ座って布のナプキンを畳むのを手伝って時間をやり過ごし、穏やかで幸福なクラスの後で、自分の胸は引っ掻いたような傷が残ってジンジンと痛むのを感じながら、娘を抱っこひもで抱えて駅まで歩き、折り返し運転の電車に乗って、さらに別の電車に乗り換えて家に帰った。このジンジンする痛みの原因は、おそらく自分たちの豊かさを巡る認知的不協和であり、その結果として階級的な苛立ち、絶望、そして時に怒りもないまぜになった感情が同時に湧きあがってくるのだが、彼女はその秋、鉛中毒の一件からずっとそれを感じ続けていて、より最近では、上の子をパンデミック以来初めて歯医者に連れて行き、口じゅうが虫歯だらけになっているのがわかったときにも、それを強く意識した。ああ、こういうことを全部エッセイに書く方法があればいいのに、Kはトークの翌日の午後、この日はソフィアの本の出版社が彼女のために手配したウエストヴィレッジのアールデコ調のホテルのロビーで、暖炉の前に置かれたソファに座って、友達にそう話しながら、地下の家、つまりブラウンストーンの中に間借りした部屋の、裏口とは反対の側にある、床より一段低く作られた団欒スペースに置かれたオレンジ色のヴェルヴェットのソファを思い出し、ときどきそこに家族で集まって二階建ての壁の高さにある裏窓から入ってくる光を浴び、上に住む家族が週末を農場の別荘で過ごしていることを知りながらも、階上の明るさや居心地の良さを求めてそこに行ってみるよりは、日本の和紙を貼ってあるふたつしかない正面向きの窓や、もうひとつ下の階にある機械室が常に稼働しているせいでいつもやけに温かい、陰気なグレーブラウン色の床、それにクロームメッキのハンドルがついたスライド式のクローゼットとか温かい便座と洗浄機能つきのトイレなど、贅沢な備え付けの設備もそれなりに整っている、殺菌されたような薄暗い地下階の部屋を好んでもいたのだった。金井美恵子はそういうものをパロディ化しているの、彼女はソフィアに向かって言う――ホテルのロビーのソファに座っている彼女たちの体は、暖炉の炎のおかげで火照るほど暖かかった――つまり、家を清潔な状態に保てるかという気がかりが常にあって、小説の冒頭では、キッチンが独立した現代的な作りの新しいマンションに引っ越してきた語り手の声に彼女の母親の声も重なり、それまで住んでいた家の台所が清潔に保てていたとは言い難いことに触れ、台所が汚れているせいで貧乏臭く見えてしまうことへの恥ずかしさと不安を語ることで、彼女の両親の労働者階級的な出自へと話はつながり、現在のインターネットが必然的にまったく同じ役割を果たしているといえる、婦人雑誌で見たようなインテリアへの気がかりも語られている。小さな郊外の家にいたころの、私の母を思い出すの、Kはソフィアを相手にそう話し続け、あの家には箒もちりとりも存在していなかった、それは私が滞在していた家も同じで、そういうものは一切見当たらないのだけど、要は初めから汚さなければいいという考え方なのね、汚してしまったらすぐに床に四つん這いになって、ゴミ屑は手で拾えばいい、ってことなの。私はパーソナルなことを書きたいわけじゃない、Kはさらにソフィアに向かってそう告げて、本についてのエッセイを、そこに自伝的な記述を織り交ぜながら書くという手法にはもう飽きちゃった、虫歯だとか鉛中毒だとか絶対に書きたくない、でも一体ほかのどんなやり方で、こんなふうに小説を体験すること、そのインテリア、つまり内側にあるもののこと、私の中に小説が入り込み、小説の中に私が入り込むような経験のことを書けると思う？　と問いかけた。それから作家であるふたりは、自分たちには家庭内で料理を担当する夫がいて、その点、小説の語り手である夏実は、キッチンを汚したくないという理由で揚げ物を避けるし、ほかのお母さんたちのように自慢の手づくりおやつを幼稚園に持っていかれるような優秀な主婦というわけではなくても、とにかく料理をするのだから、夫が料理をしてくれる自分たちはたしかにラッキーだと認めはするものの、でも時間のやりくりについてはどうか、ということになり、計画を立てて予約や予定を入れ、日々その通りにこなすのだって大変よね、という話になった。Kはソフィアに、この秋じゅうモレスキンの黒いスケジュール帳と格闘しながらなんとか予定を立てようとしていたことを話したのだが、ただでさえ詰め込み過ぎの大学での授業の時間割と学生との定期的な会合に加えて、週に一回の歯医者の予約、小児科でのインフルエンザの予防接種、血液検査の次のサイクルが入り込んでくるなかで、その合間に本を一冊しっかりと読んでそれについてのエッセイを書くなんてできるだろうか、と思いながらも、実際のところ彼女はすでにその原稿料をあれこれの目的に使ってしまっているような状態だった。九月の時点で千ドルを千五百ドルに上げる交渉をしたのも、パンデミックになってから家族の誰も歯医者に行っていないことが気になっていたからで、子どもの患者に風船だのおもちゃの宝石が入ったカプセルトイの機械に入れるコインだのをくれるパークスロープにある流行りの小児歯科では、レントゲンをとるだけで三百七十五ドルもかかるし、結果的には千五百ドルあっても娘に必要な治療代の一部にしかならないことが後からわかったのだが、とにかく秋の間はずっと定期的に通い続けなくてはならないのは治療計画のアップデートを知らせるメールにも書かれていたとおりで、そこに添付された口腔内のチャートには、すでに八百ドルかけて銀をかぶせた左側の下の一番奥とその隣の乳歯に印がついているほかに、虫歯を意味する赤いXマークが、まだまだたくさんあった。Kの頭の中では常にこういう計算が行われており、彼女とソフィアはお互いに、キッチンにいるだけの男たちへの文句を言い合い、時間と金銭のやりくりと、それに伴う精神的負担に彼らを関わらせようとするのがいかに難しく、ほとんど不可能に思えるかについても話した。でもたとえばもし反対に、そのすべてをひとりで請け負うとしたら？『軽いめまい』において離婚は不穏なものであり、夏実は不満を漏らす相手として、何らかの内情を共有する存在として夫を必要としており、彼女の感じる孤独や、彼女の中に消えない苛立ちの棘を残す原因となる、彼女の感情への夫の理解の乏しさにもかかわらず、彼は夏実が話をする数少ない人間のひとりであり、そのほかの機会としては、それとなく悪意を向け合うママ友たちとの交流と、独身の知的な友人たちとたまに外で集まることがあるくらいで、このつき合いについては小説の最後から二番目の「女友達」というセクションに書かれているのだが、夏実に手渡されたエッセイのコピイとして、おそらく著者自身が書いたのであろう、ある写真展のレビューが組み込まれているというコンセプト上のトリックは、リン・ティルマンが『ザ・マダム・リアリズム・コンプレックス』という作品で使ったペルソナのことを、Kに思い起こさせた。彼女はふと、ソファに座っている自分のウエストあたりをチラチラとうかがうソフィアの視線を感じ、つい最近、すでに登壇や参加が決まっていたいくつかのイベントで穿こうと思って、お金の余裕もないのに買ってしまったハイウエストのウールのパンツを見られているようにも感じたのだが、小説の中でも夏実がフラノ（ウール）のパンツは実用的な買い物だと考える場面があって、彼女の母親が提案してくれた、ちょっとした買い物セラピーでそれを買うべきだったかと悩み、あるいは持ち歩きやすく使いやすいバッグ、はたまた新しい電化製品や子どもたちのための何か、なども候補にはあったのだけれど、結局彼女は褒め言葉に乗って、コーディネートする手持ちの服とて思いつかないミッソーニのミルクティ色の絹のブラウスを手に入れ、独身の女友達との高級レストランでの会食にそれを着ていくと、みんなもっとカジュアルな服装で集まっており、たかが絹のブラウス一枚によって、ただ喜びだけでなく、こんな複雑な気持ちまでもたらされるのだとしたら、いよいよ自分も仕事を見つけて、家の外で働いた方がいいのかもしれない、と思い立つのだ。いつも素敵でお洒落な服装のソフィアは、この新刊の朗読イベントでも繊細な刺繍の施されたコートを羽織っていて、ソフィアはどんなときも彼女らしい、自分らしさを感じるために高級ブランドの服を着たりしなくていいのね、と感じたKは、もし自分がいま穿いているパンツの値段をソフィアが知ったら、きっとゾッとするに違いない、と確信したが、それでも二人目の赤ちゃんを産んでから、ほかのパンツはどれもまだピッタリし過ぎていると感じている彼女にはこのパンツのちょうど良いフィット感と程よいルーズさが必要だったし、座っていると特に感じられなくても、立ち上がったときにその良さがよくわかるはずなのだった。ふたりはホテルの外に出て歩き始め、携帯電話の示すデジタルな道案内に不安げに従いながらマンハッタンのダウンタウンを進んで、Kの夫と子どもたちと待ち合わせをしたラーメン店に向かう道すがら、ハロウィンの期間限定コスチュームショップに列をなす若者たちの脇を行き過ぎ、何度も道に迷いながら、大通りを渡った。Kがレストランで食事をするのは数年ぶりのことで、そのラーメン店に行くのも子どもたちが生まれてからは初めてで、その週に奥歯の虫歯を削ったばかりの上の娘はまだ口の中が痛むと言っている。ソフィアはKの娘たちに、青い色の入ったステンドグラスをひねったデザインのポケットサイズの万華鏡をプレゼントしてくれて、彼女はいつも子どもたちへの完璧な贈り物を知っている、とKは思った。お祝い気分が高まった彼女は、小さなお猪口から飲む日本酒のぬる燗（この店おすすめの一番安い酒）を大人向けに注文し、ラーメンの辛さのレベル、スープは豚骨か野菜の出汁か、トッピングは鶏肉か豆腐か、半熟卵をつけるか、などをそれぞれが選んでいった。子どもたちには、一人前のスープと麺と鶏肉をふたつのプラスチックのボウルに取り分けてやり、下の子は長い麺をそのまま口一杯に詰め込んで食べ、上の子のまだ痛む歯にも、柔らかい食べ物は美味しく感じられるようで、ふたりともとてもお行儀よく、そこにいられることを楽しんでいて、その姿を見たKは、娘たちへの愛おしさと優しさとがあふれてくるのを感じる。彼女は上の娘の顔がほんの少し歪んでいることに気づいたが、そんなふうには見えないけど、と夫は言った。Kは娘のかわいらしい、腫れて歪んだ顔をじっくりと見ながらふと複雑な気持ちになり、つまりこの子の口の中は菌に侵されているのだ、これから抗生物質が必要になるだろうし、数週間以内にまた別の虫歯の治療を受けなくてはいけない――そして実は銀をかぶせてある奥歯も抜かなくてはいけなくなることを、彼女はこの後に知るのだが――という、常に頭を離れない不安な気持ちに苛まれたが、それでもいまこの時だけは、みんなでお互いの存在を喜び、友達と一緒にいられることに嬉しさを感じていていいのだ、と思うことにした。翌週ソフィアから上の娘あてに送られてきた封筒には、使い終えたカレンダーを使って手づくりされた小さな二冊のノートと、彼女の小さなお家を色鉛筆で描いた、かわいいイラストが入っていた。

軽いめまい

ある日曜の朝、時計をサマータイムに合わせてあったせいで一時間早く起きてしまったその日もまた、十一月だというのになぜか気温が二十一度もあってなんとなく鬱陶しく、おそらく暖かすぎるからだろうか、ちょっと目が回るみたいでなんだかクラクラする、と思いながらも、Kは『軽いめまい』について書くことになっているエッセイのためにメモをとり始めた。家ではたいていブラも着けないだらしない格好で、乳房の下側が汗でベタつき、腋も臭くなってくるから肌着を何度も取り替えるのだが、その上からときどき羽織るローブの腰のベルトを、まだ抜歯の済んでいない、もうすぐ六歳になる上の娘がしょっちゅう勝手に持ち出しては縄跳びで遊んでいて、ぴょんぴょんと子どもが跳ねる音に集中力が削がれてしまう。Kは『軽いめまい』の語り手がマンションの室内にいるのに汗ばんで下着を着替えることや、生理痛について哲学的に思いを巡らせることを思い出し、そういう種類の身体的リアリズムが小説という場で表現されるのが、いかにラディカルに思えることかと考えた。その前日、つまりその週の土曜に、娘の学校近くの、黄色い落ち葉がキラキラと輝く公園で行われた娘の同級生の誕生会に参加したKは、気を遣う人づきあいで消耗し、ブルックリンに住んでいる今ではもう、絶えず突き刺してくる階級的な苛立ちという棘を、笑顔でごまかそうとすることにも疲れ切っていた。階級にまつわる恨み言、あなたにだけは言わせてよね、と隣の部屋にいる夫に向かって彼女は叫び、妹ちゃんをデイケアに預けずに家で見てるなんて、あなたってスーパーママなのね、なんて言ってくるお母さんがいたの、そんなお金の余裕がないからだなんて想像もできないみたい、と続ける。かすかな日焼けと渇きを感じているKに、上の娘はお腹の痛みを訴えてきて、おそらくその原因は前日にチョコレートのカップケーキを三つも食べたからなのだが、それはもちろんKが子どもにパーティーで好きなだけカップケーキを食べさせてしまったり、おみやげにもらった棒つきキャンディーもすぐに与えてしまったりする親だから、もしかしてあの人たちにもそう思われているんだろうか、口の中がボロボロの子どもの親、しかも、もうひとりは鉛中毒になった子どもの親、たとえそういう目で見られていたとしても、彼女はそれなりに娘たちの栄養を気にかけ、特にそれが鉛対策に有効だと指導されて以来、鉄分やカルシウムやビタミンCがちゃんと摂れているかをいつも考えていた。家の中が暑すぎる、窓を開けて！　熱がこもった部屋じゃ何も考えられない、と彼女は別の部屋で子どもたちを自転車に乗せて公園に遊びに行く支度をしている夫に向かって叫ぶ。その日、自分は休むことに決めていたKは、ソファに座って『軽いめまい』のことを考えようと思っていた。ホットフラッシュじゃないの？　と応じてきた夫に二十四度を示す温度計を指さしはしたが、それにしても彼女は信じられないほどの暑さを感じ、喉も渇き、カフェインを摂りすぎていて、しかも下の子が標準時間ではまだ朝の五時なのに起き出してしまったこともあって、すでに疲労困憊だった。子どもたちが帰ってくるのを待つ間、普段はまったく座ることのない正面の窓辺に腰をかけて、しわくちゃの枯れ葉が内側にひっかかったハロウィンの蜘蛛の巣の飾りが柔らかく風に揺れるのを眺め、これもそろそろ外さなくちゃと思い、娘たちがおしゃべりしながら帰ってくる声を聞きながら、それとは別に、茂みにいる雄のカーディナルが、バッテリーの壊れた火災報知機を思わせるような物哀しくかん高い声で鳴く音がゆらゆら、ゆらゆらと漂うように響くのをしばらく聞く間、彼女は一瞬その場に固まって、ただ目の前を見つめ、神経が昂って恍惚とするような、押さえ込まれたエネルギーを抱えているような状態におちいったのだが、別の部屋に移動して、ぼんやりとしたままマスターベーションすると、その感じからも多少は解放された。私は自分の生活だとか、私の買い物リストだとかについて、このエッセイに書きたくないの、だってそうしたら、あらゆる買い物リスト、私の散らかった家、私の散らかった生活、苛立ちと心地よい親密さが絶えず入れ替わる夫への感情、盛んに行き交う不平や陰口までも、そこに書き込むことになるもの、と彼女はその晩ソフィアに送ったメールに書いた。だけど一体、それ以外のどんなやり方なら、あるがままにこの経験を書き表すことができるのだろう、小説と私の間で重なる声や増幅する感情を、インテリア・デザインとしての小説を、集合住宅としての小説を、隣合わせに積み重ねられた空間としての各セクションを、隣人としての登場人物たちを、物語が展開するきっかけとなる、彼らについてのゴシップを。大きな鳥小屋のようなこの語り、それがいかに私の中に入り込んでくるか、内部《インテリア》ということ、そしてこの作家による腹話術のような書き方、それは夏実が子どもの頃に飼っていたダルマインコを思い出すセクションの、電話ごしの母親のおしゃべりに、特に巧みに使われている。ニューディレクションズ社の編集者に教えてもらいながら、Kはグーグルマップで小説の舞台となった郊外に広がる住宅地や、夏実の子どもたちが遊びにいく公園を探し出したのだが、それはクリス・マルケルの『サン・ソレイユ』に登場する招き猫のたくさんいるお寺にもほど近く——その映画自体がヒッチコックの『めまい』についてのエッセイともいえる作品なのだが——それについては、小説の中にたくさん出てくる野良猫たちや、「猫ババア」たちから引き出される人間関係やゴシップという挿話の形で、引用されているのかもしれない。数年前にソフィアがパリス・レビュー誌に発表したエッセイの中で、彼女は金井美恵子の小説の内容を想像して、直感的に『サン・ソレイユ』を引き、日本の女性が電車で眠る場面に触れていたのだが、もちろん当時の彼女は、『軽いめまい』が、電車の揺れと他の乗客たちの声に気押されて軽い吐き気を覚えた夏実がぼうっとする、謎めいた場面で終わることなど知らなかった。この小説は驚くほど豊かに他の作品、特に映画作品への言及を織り交ぜて書くのだが、『軽いめまい』の後には、ゴダールの『彼女について私が知っている二、三の事柄』からタイトルのつけられた小説もあるのだが、この映画は『軽いめまい』と似て、近代的な集合住宅を舞台にしており、主人公は語り手でもある主婦であり、すべてのゴダール映画と同じくインテリア・デザインが重要で、後期資本主義についての瞑想でもあり、さらに『軽いめまい』の中にも、あまりの退屈さから売春を始める主婦たちの話が機知に富む挿話として登場するように、たとえばブニュエルの、たとえばゴダールの、たとえばシャンタル・アケルマンの、売春する主婦たちについてのあらゆる映画への目配せがこの小説には見られるのだが、ただしこの小説の中では何も起こらず、退屈そのものがポイントで、じゃがいもの皮はただ剝かれ、皿はただ洗われ、けれど時々、ほんの時折、家事にまつわる瞑想的な瞬間、クラクラするような、あるいはぼうっとするような感覚がふと訪れることがあり、たとえば洗い物をしているとき、蛇口から紐のように絶え間なく流れ出す水や、流れていく水のきらめきに心を奪われてしまう、それこそがポリー・バートンによって「軽いめまい《マイルド・ヴァーティゴ》」と訳出された感覚で、この言葉は小説の八番目のセクションのタイトルにもなっている。「意識の流れ」という語には、どこかスムーズな感じ、淀みなく進んでいくような響きがあるが、この小説で起きているのは何かもっと空間的なこと、意識や考えが積み上がって塊になったものがページを埋めていくようなもので、またそれぞれの人物の特性に幅を持たせることによって、ひとつの方向に印象が凝り固まることが避けられてもいるのだが、それはベルンハルトの『樵る』で、芸術家晩餐会のさなか安楽椅子にじっと座った語り手が感じる、ほかの参加者たちに対する憎悪と親しみをかわるがわるたどるさまを思わせもするし、そしてここでは、見積もりやら、やりくりといった計算の作業が絶え間なく行われていて、たとえばそれはマンションの間取りについてであり、部屋に置くために買う必要のある品々、あるいはほかのすべての品々のリストであって、おそらくダロウェイ夫人は自分で花を買ってくる必要があったにせよ、なんでも自分でやる必要はなかったのだし、自分でパーティーを開く必要があったとしても、すべての後かたづけと料理と買い物を自分でする必要もなかったし、誕生日のプレゼント、父の日のプレゼント、記念日のプレゼント、そうしたリストがページの上で積み重なり、絶え間ない気がかりという挿話が繰り返される、つまりこれは恒常的な精神的負荷についての小説であり、夫はソファでテレビを見てダラダラし、主婦である妻の思考も記憶も気がかりも、それに彼女の〈やるべきことリスト〉も終わることがなく、一文一文がその思考であって、矢継ぎ早に放たれ、常に買うべき物があるのと同じで消えることもなく、頭の中でずっと鳴り続けていて、それはまるで、ベケット作品で土に埋められた中年の妻が話す言葉、あるいはスティーヴン・ソンドハイムの「結婚するのは今日」の歌詞のような恐怖のパターンにも類似するのだが、それには受け取った言葉をそのまま飲み込んでおうむ返しをしたり、他のクリシェを繰り返したりすることも含まれる。そこは子どもたちにとってはすごくいい場所なの、地域的にも、学校も、田舎に住む子どもたちの祖父母にもね。ある一日をやり遂げてもすぐに次が始まって、夏休みに祖父母を訪ねる小さな子どもたちのために夏実が準備しなければいけないあらゆるもののリストと重なり合うように、Kも次の日とんでもない早朝に家を出てバスに乗り学校に行く上の娘のために、準備をしなければいけないことがたくさんあり、二歳の下の娘がまた朝五時に起きてしまっても、時間通りに朝を取りしきる鬼軍曹を演じるのがKの役目で、二度寝しようとする子どもを優しく揺り起こし、ベッドから出してバスルームへと連れていき、髪をグイグイとブラシで梳かし、ようやく涼しくなったので今朝から着られる紫色の新しいスウェットの上下を出してやり、この子の紫色のバックパックはどこ？　薬はもう入れた？　ランチはできてる？　と、夫に向かって話しかけ、毎日ターキーとチーズのサンドイッチじゃなきゃダメなの？　それにハロウィンの残りのお菓子？——子どもの歯がボロボロなのに、先生になんて思われるか！——と言いながら、靴下をグイグイ穿かせ、水をバックパックに入れ、下の子の顔を洗い、なだめすかしてオムツを穿かせ、本を読んでやり、小さなバンブー・ボウルに入れた固茹での卵を食べる子どもたちを見守り、早く、さあ早く！　歯を磨いてフロスもしなさい、もう七時、スニーカーを履いて！　そして手袋をつけさせ、コートをグイグイと着せて、ただ黙ってキッチンにいる夫に、そこら中に散らばったプラスチックゴミをリサイクルに出しておいてくれない？と声をかけ……毎日また初めから、シジフォス的な、維持のための労働が果てしなく繰り返されるだけで、金井美恵子のいう「毎日の生活の単調さに句読点を打つ」方法は、ほとんど存在していない。Kはエッセイのためのメモに、郊外と消費主義についてのアニー・エルノーの小説は『戸外の日記』というタイトルがついているけれど、『軽いめまい』では逆に、外側というものが飲み込まれてしまって、内側になっている、と書いたが、それは例えば語り手の夏実が、スーパーマーケットに置かれた商品の並びを完全に内面化しているために、小説の終盤で恍惚とした状態の彼女が意識の中ですべての棚の間を歩き回り、すべての品物を手に取るように思い浮かべることができる場面に表れている。Kは、もしかしたら彼女がこの数日の間に考え、不安を覚えたあらゆること、人に頼まれたことやオンラインで頼んだもの、何もかもをリストにして、ただ書けば良いのかもしれないと思いついたのだが、この文章を書く間、ほかにいつも通り学生へのメール、出版社へのメール、大家へのメール、診察と血液検査を予約するメールを書き、夫のボサボサの髪を見て、いつものブルジョワ趣味の理髪店に予約を入れたら、と言い、その次の土曜に彼女自身が代わりに予約を入れてやり、近所の子どもの六歳の誕生日に十ドル以内でプレゼントを選ぶなら何がいいか、娘たちが遊んでいるのと同じ手塗りの木のビーズネックレスなら男の子も喜ぶだろうか、うん、きっと大丈夫、二週間後の土曜日、四人で出席、と決定し、歯医者の保険申請の書類を記入するようしつこく夫に頼み、次の春学期も教職を続けるための契約書にサインするのも手伝ってもらい、誕生日とクリスマスのプレゼントを考えて検索し、娘の六歳の誕生日があるサンクスギビングの週末のためにケーキを注文し、学校に持っていくカップケーキはヴィーガンの子がクラスにひとりいるから、ひとつはヴィーガンで、と思ったけれどやはり全部ヴィーガンにする方が良いと判断して、チョコのケーキにヴァニラクリームと、ヴァニラのケーキにチョコクリームと、チョコのケーキにチョコクリームのミニカップケーキを合わせて三ダース注文し、部屋の中の読書コーナー用にストライプの床置きクッションを買うのはどうだろう、そうすれば部屋がもっと生きするかもしれないと考え、夫がメラミンの皿を踏んづけてしまって、家にある子どもたちのための食器が小さな皿二枚になってしまったので、まずメーカーを探しあて、そこに直接注文を入れ、メイクを落とすための特別なコットンを切らしたことに気づき、そして犬のウンチを入れる袋も（と、夫がキッチンから彼女に向かって叫ぶ）、それは彼女がいまこれを書いている間にちょうど、無香料の犬のウンチ袋のお買い得パックが入った悲しいアマゾンの箱として届き、さて娘は誕生日に新しいドレスが欲しいと言っているけれど、どうすれば買えるだろうかと考え込み、出費の金額のことが気がかりになり、子どもたちへのクリスマス・プレゼントに高価すぎないキーボードを買ってあげようかと思うものの、どこに置けばいいんだろう、ほかの子どもたちは家に楽器を持っているのに、と悩み、上の娘の学校のスクールナースに抗生物質について尋ねるメールを書き、オンラインでスクールバスの利用申し込みを書いて提出し、ランドリーで娘のタイツを探し出して、このタイツ、今週、抜歯の前の日にある集合写真の撮影に穿いていけそうね、そこまで汚くはない、と確認して、もしそうしてみたらどうなるだろう、つまりその中で生きてみようと試みたら、と考えてみたのだが、彼女はもうとっくにその中で生きていて、お互いに重なりあう空間の中に、小説の空間を含めた二重の家庭生活の中に、すでに入り込んでいるのだった。

（西山敦子訳）

※『軽いめまい』（*Mild Vertigo*）はポリー・バートン氏の翻訳によりニューディレクションズ社より二〇二三年五月に刊行されました。ケイト・ザンブレノ氏による解説は同書巻末に付されたものです。

（「群像」二〇二四年八月号）

年譜

金井美恵子

一九四七年（昭和二二年）

一一月三日、群馬県高崎市で、父・金井七四郎、母・静の次女として生まれる。姉・久美子は二歳。二、三歳の頃から、母におぶわれて映画館に映画を観に行く。

一九五二年（昭和二七年）　四―五歳

四月、聖光幼稚園に入園。ジョン・ウェイン、モーリン・オハラが好きになり、ジョン・フォードを映画監督として最初に覚える。姉とおそろいのリボンを結んで、ジョン・フォード『黄色いリボン』を観に行く。

一九五三年（昭和二八年）　五―六歳

四月一一日、父、死去。

一九五四年（昭和二九年）　六―七歳

四月、高崎市立東小学校に入学。絵のコンクールでたびたび表彰される。

一九六〇年（昭和三五年）　一二―一三歳

三月、『大人は判ってくれない』公開。同じ年頃のジャン゠ピエール・レオーに共感と尊敬。四月、高崎市立第二中学校に入学。「映画日記」をつける。

一九六三年（昭和三八年）　一五―一六歳

四月、群馬県立高崎女子高等学校に入学。現代詩を読み、「凶区」を定期購読。現代音楽の演奏会や現代美術の画廊、展覧会に通う。

一九六四年（昭和三九年）　一六―一七歳

「美術手帖」の「読書欄」に斎木ひみ子のペンネームで投稿し掲載される（二月号、五月号、一〇月号）。当時、詩人の岡田隆彦が編集部にいた（『金井美恵子エッセイ・コレクション1［1964-2013］』に誌面が掲載）。

一九六六年（昭和四一年）一八―一九歳

三月、群馬県立高崎女子高等学校を卒業。七月、天沢退二郎と知り合い、天沢の『時間錯誤』出版記念会に出席、「凶区」同人や蓮實重彥と知り合う。

一九六七年（昭和四二年）一九―二〇歳

石川淳が審査員を務めていた太宰治賞に応募。当時同賞主催の筑摩書房にいた吉岡実が下読みで注目する。「現代詩手帖」五月号に「ハンプティに語りかける言葉についての思いめぐらし」が掲載。同六月号に「旅する心・千羽鶴」が掲載。六月、「愛の生活」が第三回太宰治賞候補作となる（「展望」八月号に掲載）。筑摩書房に来社し、吉岡実とあう。同日午後に天沢退二郎の紹介で入沢康夫と知り合う。「婦人公論」一一月号に「若者たちは無言のノンを言う」。

一九六八年（昭和四三年）二〇―二一歳

一月、第八回現代詩手帖賞受賞。「現代詩手帖」一月号に受賞第一作「マダム・ジュジュの家」と受賞の言葉「跳躍運動」。二月、「凶区」二〇号に「西遊記論控（一）」。「現代詩手帖」三月号に「作品のはじまりへ」。四月、豊島区目白に転居。「展望」七月号に「エオンタ」。七月、「凶区」同人となる。「新潮」八月号に「海の果実」（「自然の子供」と後に改題）。八月、『愛の生活』（筑摩書房刊。

一九六九年（昭和四四年）二一―二二歳

二月、「凶区」二三号に「深沢七郎に向かって一歩前進二歩後退」。四月、「凶区」二四号に「一九六八年映画ベストテン」。「日本読書新聞」九月一五日号より「日録」を連載（一〇月六日号まで)。

一九七〇年(昭和四五年) 二二—二三歳

「新潮」二月号に「夢の時間」。「現代詩手帖」二月号より連載「書くことのはじまりにむかって」開始。第一回は天沢退二郎と対談「読むことの魅惑から書くことへ」。同三月号に第二回「絢爛の椅子1」から七一年二月号「絢爛の椅子7」まで断続的に続く。六月、山田宏一と知り合う。七月、「夢の時間」が芥川賞候補になる。九月、『夢の時間』(新潮社)刊。「週刊言論」九月四日号より「酔いどれ交遊録」連載開始(全二二回。イラスト=金井久美子)。同月三〇日、新宿ノアノアで「POETRY・POET春の画の館の夜」(笠井叡、四谷シモンなどゲストを迎えてのリサイタル。「積恋雪関扉」を踊る。演出=日高仁)。「海」一二月号に「空間を嚙むものとしての肉体と暗闇—金井美恵子・ノアノア・リサイタル」(同七月号からの連載「劇との対話」最終回)。

一九七一年(昭和四六年) 二三—二四歳

五月、山田宏一編『シネアルバム2 ブリジット・バルドー』(芳賀書店)に「ブリジット・バルドー控え」。六月、『マダム・ジュジュの家』(思潮社)刊。七月、山田宏一『映画について私が知っている二、三の事柄』(三一書房)に序「無人島漂流に一本の映画を持って行く人」。「潮」八月号で「篠山紀信の美女シリーズ」のモデルとなる(土方巽の エッセイ「夢の果実」が付く)。「海」一二月号より「岸辺のない海」を連載(七三年四月号まで)。四谷シモンとレコード『春の画の館/ガラスの森』(ポリドール)を出す。

一九七二年(昭和四七年) 二四—二五歳

五月、山田宏一編『シネアルバム8 ジェーン・フォンダ』(芳賀書店)で、「ジェーン・フォンダに関する四つの質問」に回答。「すばる」六月号に「兎」。

一九七三年（昭和四八年）二五―二六歳
一月、山田宏一編『シネアルバム12 グレタ・ガルボ／マレーネ・ディートリッヒ』（芳賀書店）に「肉体的知性―マレーネ・ディートリッヒ」。「週刊サンケイ」三月九日号で藤田敏八と対談。七月、『現代詩文庫55 金井美恵子詩集』（思潮社）刊。一一月、『愛の生活』（新潮文庫）刊。一二月、『春の画の館』（思潮社）、『兎』（筑摩書房）刊。
一九七四年（昭和四九年）二六―二七歳
二月、『夜になっても遊びつづけろ』（講談社）刊。三月、『岸辺のない海』（中央公論社）刊。八月五日、「四畳半襖の下張」裁判で弁護側証人として証言。「新潮」一一月号に「アカシア騎士団」。
一九七五年（昭和五〇年）二七―二八歳
一月、『夢の時間』（新潮文庫）刊。「群像」二月号に「プラトン的恋愛」。「アサヒカメラ」七月号で篠山紀信の「紀信快談」のゲストとなる。
一九七六年（昭和五一年）二八―二九歳
二月、『アカシア騎士団』（新潮社）刊。七月、「文芸展望」夏号に「競争者」（「単語集（二）」）。八月、『添寝の悪夢 午睡の夢』（中央公論社）刊。「本の本」九月号で森茉莉、奥野健男と鼎談「おんな、おとこ、そして文学」。「海」九月号より「目の散歩」欄で連載（七七年四月号まで）。一〇月、『岸辺のない海』（中公文庫）刊。「海」一二月号（武田泰淳追悼特集）に「作家の死」。
一九七七年（昭和五二年）二九―三〇歳
二月、『夜になっても遊びつづけろ』（講談社文庫）刊。「海」一〇月号（吉田健一追悼特集）に「流れる時間」。*Contemporary Japanese Literature: an anthology of fiction, film, and other writing since 1945*, ed. Howard Hibbett (Knopf) に *The House of Madam JuJu* が収録。

一九七八年（昭和五三年）　三〇—三一歳
八月、『書くことのはじまりにむかって』（中央公論社）刊。「海」一〇月号より「言葉と〈ずれ〉」を連載（八二年九月号まで）。

一九七九年（昭和五四年）　三一—三二歳
「話の特集」一月号より金井美恵子・金井久美子がホステスを務める鼎談「マッド・ティーパーティー」開始、翌年一〇月号まで断続的に続く。ゲストは、蓮實重彦、武田百合子、西江雅之、大岡昇平、山田宏一、フィリス・バンバウム（「兎」の英訳者）、篠山紀信、巖谷國士、平岡正明。二月、『兎』（集英社文庫）刊。七月、『添寝の悪夢 午睡の夢』（中公文庫）、『プラトン的恋愛』（講談社）刊。一〇月、『プラトン的恋愛』で第七回泉鏡花文学賞受賞。一一月、『単語集』（筑摩書房）、『春の画の館』（講談社文庫）刊。

一九八〇年（昭和五五年）　三二—三三歳
「現代詩手帖」一月号より「金井美恵子連続対談」開始、翌年一二月号まで断続的に続く。対談相手は入沢康夫、平出隆、馬場礼子、稲川方人、山田宏一、平岡正明、吉岡実（吉岡実特集内で「一回性の言葉—フィクションと現実の混淆へ」）、蓮實重彦。二月、「サントリー・クォータリー」五号に「酒の楽しみ」。「文藝」三月号より「映画時評」を連載（以降、断続的に八一年一二月号まで）。「海」七月号に「くずれる水」。九月、『既視の街』（写真＝渡辺兼人、新潮社）、『アカシア騎士団』（集英社文庫）刊。一一月、「書紀」八号として『水の城』刊（書紀書林。後に『花火』に収録）。一二月より、山田宏一の主宰する映画上映会に通う。

一九八一年（昭和五六年）　三三—三四歳
三月から七月までフランスに滞在。三月八日放映、NHK「日曜美術館」で岡本太郎にインタヴュー。七月、『書くことのはじまりにむかって』（中公文庫）刊。八月、『くずれる水』（集英社）刊。

一九八二年（昭和五七年）　三四―三五歳

一月、『映画、柔らかい肌』（河出書房新社）に収録するため、山田宏一のインタヴューを受ける。四月、『プラトン的恋愛』（講談社文庫）刊。六月、『手と手の間で』（河出書房新社）刊。「すばる」八月号より「絵のあるエッセイ 原色図鑑」を連載（絵＝金井久美子、一二月号まで）。「日本経済新聞」一二月五日付朝刊より「冬の日記」を連載（詩。二六日まで四回）。*Rabbits, Crabs, Etc.: Stories By Japanese Women*, trans. Phyllis Birnbaum (University of Hawaii Press) に *Rabbits* が収録。

一九八三年（昭和五八年）　三五―三六歳

四月、『花火』（書肆山田）刊。五月、『言葉と〈ずれ〉』（中央公論社）刊。「すばる」九月号に「おばさんのディスクール」。一〇月、『映画、柔らかい肌』（河出書房新社）、『私は本当に私なのか―自己論講義』（木村敏との対談共著、朝日出版社）刊。「海燕」一二月号より「文章教室」を連載（翌年一二月号まで）。

一九八四年（昭和五九年）　三六―三七歳

「海」一月号に「『岸辺のない海』補遺」。一月、『現代の詩人1 吉岡実』（中央公論社）に「吉岡実とあう」。六月、『愛のような話』（中央公論社）刊。『百鬼園写真帖』（旺文社）に「猫のような……」。七月、メキシコ時代のルイス・ブニュエル作品を観る。一〇月、『おばさんのディスクール』（筑摩書房）刊。

一九八五年（昭和六〇年）　三七―三八歳

一月、『文章教室』（福武書店）刊。二月、「飛ぶ教室」一三号より「アーサー・ランサム論」を連載（二〇号まで）。五月、『ながい、ながい、ふんどしのはなし』（筑摩書房）刊。六月、『単語集』（講談社文庫）刊。「あんさんぶる」一〇月号より「小春日和《インディアン・サマー》」を連載（八七年四月号まで）。一二月、『セリ・シャンブル3　金井美恵子・金井久美子の部屋』（旺文社）刊。*The Shōwa Anthology: Modern Japanese Short Stories 2*, eds. Van C. Gessel and Tomone Matsumoto (Kodansha International) に *Platonic Love* が収録。

一九八六年（昭和六一年）三八―三九歳

「すばる」五月号「特集・映画はどんどん新しくなって行く」に「独身者たち・その他・ベスト10」。七月、「別冊太陽　フランス女優」に「偏見の訂正」。「海燕」八月号に「あかるい部屋のなかで」。八月、「婦人公論」臨時増刊号に「道化師の恋」。九月、「季刊　リュミエール」五号に「泉光」の名でコラム「長嶋さんがいてくれたらなア」（以下の同名でのコラム二本と合わせて『金井美恵子エッセイ・コレクション［1964–2013］1』に誌面が掲載）。「群像」一〇月号に「タマや」。一二月、「季刊　リュミエール」六号に「泉光」の名でコラム「ファンタジーとメルヘンの時代」。『あかるい部屋のなかで』（福武書店）刊。

一九八七年（昭和六二年）三九―四〇歳

「太陽」一月号より「新刊の窓」欄で連載（六月号まで）。一月二三日、三〇日、二月六日に岩波市民セミナーで「小説論―読まれなくなった小説のために」講演。三月、「季刊リュミエール」七号に「泉光」の名でコラム「小説は石炭である」。「現代詩手帖」九月号に「ささやかな感情教育」（「特集・現象的六〇年代詩を「凶区」に読む」）。九月、『文章教室』（福武文庫）刊。ジャン・ルノワールの連続上映に通う。一〇月、『小説論―読まれなくなった小説のために』（岩波書店）刊。一一月、『タマや』（講談社）刊。一二月四日、アテネ・フランセ文化センターでダニエル・シュミットについて講演。「季刊リュミエール」一〇号より「ジャン・ルノワールの映画についての覚え書」を連載（翌年一二月刊行の一四号まで。同誌終刊に伴い未完）。一二月二一日、母、死去。

一九八八年（昭和六三年）四〇―四一歳

「家庭画報」二月号より「連作掌編 軽いめまい」を連載（一二月号まで）。「群像」三月号に「教訓を学ぶ」（追悼石川淳）。四月、「すばる」臨時増刊「石川淳追悼記念号」に「感想」。「ミステリ・マガジン」四月号で山田宏一と対談「午後三時のお茶と犯罪映画―フィルム・ノワール傑作選」。「群像」四月号～六月号で田久保英夫、加藤典洋と「創作合評」。「すばる」六月号より「恋愛太平記」第一部連載。六月二八日、上野昂志と早稲田大学で公開対談「映画について考える二、三の事柄」（「早稲田文学」一〇月号に収録）。「群像」八月号で高橋源一郎と対談「小説をめぐって」。九月、『タマや』で第二七回女流文学賞受賞（「婦人公論」一一月号に選評と受賞の言葉）。一一月、『小春日和《インディアン・サマー》』（中央公論社）刊。

一九八九年（昭和六四年・平成元年）四一―四二歳

一月、*Erkundungen: 19 japanische Erzähler*, eds. Marianne Bretschneider und Heinz Haase (Berlin: Verlag Volk und Welt) に *Platonische Liebe*（「プラトン的恋愛」）が収録。「群像」三月号に「いくつかの思い出」（追悼大岡昇平）。四月、山田宏一『映画的なあまりに映画的な―美女と犯罪』（ハヤカワ文庫）に解説「山田さんと映画的美女」。六月、「中央公論 文芸特集」夏季号に「文明季評 文化的体験」。「マリ・クレール」九月号より「愉しみはTVの彼方に」を連載（九一年一二月号まで）。一一月、『本を書く人読まぬ人とかくこの世はままならぬ』

（日本文芸社）刊。「ユリイカ」一二月臨時増刊「総特集 ヌーヴェル・ヴァーグ30年」に「エリック・ロメールの《瞬間》」。一二月一八日、生後五、六ヵ月と思われる仔猫が自宅に迷い込む。当初は迷い猫として預かりチラシをつくり飼い主を捜すも、トラーと名づけて飼うことに。

一九九〇年（平成二年）四二―四三歳

「すばる」一月号より「恋愛太平記」第二部連載。「群像」一月号から三月号まで映画評「楽しみの世紀末」。*Japan erzählt: 17 Erzählungen*, ed. Margarete Donath (Frankfurt am Main: Fischer Taschenbuch) に *Platonische Liebe*（「プラトン的恋愛」）が収録。三月、蓮實重彦『饗宴I』（日本文芸社）付録で渡部直己と対談「社交的な猫について」。四月二〇日、東西女性作家会議に出席。「東京新聞」六月二日夕刊より「トラ、トラ、トラ、トラ！」連載（三〇日まで全五回）。五月三一日、吉岡実死去、六月三日の葬儀で弔辞（「現代詩手帖」七月号）。六月、雑誌 *Hefte für Ostasiatische Literatur Nr. 11* (München: Iudicium Verlag) に *Küchentheater* (trans. Jürgen Stalph.「調理場芝居」）が掲載。「海燕」九月号で中上健次と対談「今、書くことのはじまりにむかって」。九月、『道化師の恋』（中央公論社）刊。「波」一一月号より「遊興一匹―かつぶし太平記」連載（翌年一二月号まで）。

一九九一年（平成三年）四三―四四歳

一月、『タマや』（講談社文庫）刊。「マリ・クレール」三月号で荒俣宏、中沢新一と鼎談「新・短篇小説講義」。「群像」五月号に「柔らかい土をふんで、」。八月一七日、茅ヶ崎つるみね映画村（茅ヶ崎市立鶴嶺公民館）で講演「たぬき映画の楽しさ」。

一九九二年（平成四年）四四―四五歳

「アサヒカメラ」一月号より「反＝イメージ論」を連載（翌年三月号まで一四回）。「すばる」二月号で渡部直己にインタヴュー「〝大雪現象〟以後の文芸時評」。三月、『金井美恵子全短篇』刊行開始（全3巻、日本文芸社）。「國文學」七月号（「蓮實重彦―挑撥する批評」）で蓮實重彦にインタヴュー「蓮實重彦論のために」。「文學界」一〇月号に「ある微笑」（追悼中上健次）。

一九九三年（平成五年）　四五―四六歳

一月、*Mondscheintropfen: Japanische Erzählungen, 1940-1990*, ed. Eduard Klopfenstein (Zürich: Theseus) に *Der Akazienritterorden*（「アカシア騎士団」）が収録。二月、「文藝」春季号に「水の娘。浴《ゆあ》みする女」。同号で蓮實重彦と対談「反動装置としての文学」。五月、「文藝」夏季号に「批評という男友達―丸谷才一『女ざかり』の場合」。六月、『迷い猫あずかってます―遊興一匹』（新潮社）刊。七月、アッバス・キアロスタミにインタヴュー「映画の半分は観客がつくる」（「太陽」、「文藝」冬季号に掲載）。一〇月、『本を書く人読まぬ人とかくこの世はままならぬ PART II』（日本文芸社）刊。一二月、「中央公論 文芸特集」冬季号に「文明季評 映画はどのように語られるか」。「早稲田文学」一二月号で中沢新一と対談「犯罪・音楽・神話―深沢七郎の世界《いたところ》」。

一九九四年（平成六年）　四六―四七歳

一一月、「文藝」冬季号で石井桃子にインタヴュー「雪が降っているのに、それは暖かい世界でした」。「すばる」一二月号で「「恋愛太平記」の終末をめぐって」（芳川泰久によるインタヴュー）。一二月、『愉しみはTVの彼方に―Imitation of cinema』（中央公論社）刊。

一九九五年（平成七年）　四七―四八歳

「文學界」二月号で柄谷行人にインタヴュー

で山根貞男と対談「快楽装置にかんするみだらな対話」。六月、『恋愛太平記』1・2（集英社）刊。七月、『岸辺のない海 完本』（日本文芸社）刊。「早稲田文学」一〇月号に「『恋愛太平記』から『岸辺のない海』へ―長い長いお話のあとで―」（江中直紀によるインタヴュー）。「ユリイカ」一〇月号（キアロスタミ特集）で鈴木一誌、金井久美子と鼎談「そしてサスペンスはつづく」。一一月、『あかるい部屋のなかで』（福武文庫）刊。
一九九六年（平成八年）四八―四九歳
「群像」一月号で高橋源一郎、芳川泰久と鼎談「小説の力」。「母の友」四月号より「ページをめくる指―絵本をひらく」を連載（九八年三月号まで）。「早稲田文学」九月号に「小説家と批評」。九月、『遊興一匹 迷い猫あずかってます』（新潮文庫）刊。一一月、第三三回「文藝賞」選考委員となる（「文藝」冬季号に選評。翌年の第三四回まで委員を務める）。
一九九七年（平成九年）四九―五〇歳
四月、『軽いめまい』（講談社）刊。八月、『愛の生活・森のメリュジーヌ』（講談社文芸文庫）刊。「ユリイカ」九月号に「ノミ、サーカスへゆく」（絵＝金井久美子）。「群像」一〇月号に「噂の娘」。「uno!」一〇月号より「彼女（たち）について私の知っている二、三の事柄」を連載（同誌では九八年八月号まで。「一冊の本」九八年一一月号より連載を再開し九九年一一月号まで）。一一月、『柔らかい土をふんで、』（河出書房新社）刊。「文藝」冬季号で渡部直己よりインタヴュー「面談文芸時評 記憶とエクリチュール」。
一九九八年（平成一〇年）五〇―五一歳
「群像」一月号に「噂の娘2」（以降二〇〇一年一〇月号まで断続的に連載）。三月、『重箱のすみ』（講談社）刊。「ヴィオラ」一〇月号より「待つこと、忘れること」連載開始（翌年三月号まで）。一二月、『ピクニック、その他の短篇』（講談社文芸文庫）刊。

一九九九年（平成一一年）五一―五二歳

三月、『文藝別冊 淀川長治』で蓮實重彦と対談「淀川長治―継承不能な突然変異」。四月、『小春日和《インディアン・サマー》』（河出文庫）刊。五月、『文章教室』（河出文庫）刊。六月、『タマや』（河出文庫）刊。「太陽」七月号より「待つこと、忘れること」連載再開（二〇〇〇年一二月号まで）。七月、『道化師の恋』（河出文庫）刊。「群像」一〇月号に「「ストーヴ」な死」（追悼後藤明生）。一一月、『恋愛太平記』1・2（集英社文庫）刊。

二〇〇〇年（平成一二年）五二―五三歳

五月、『彼女（たち）について私の知っている二、三の事柄』（朝日新聞社）刊。「ユリイカ」九月号で野谷文昭、金谷重朗と鼎談「ブニュエルに祝福のキスを―二〇世紀のすべてを体現した映画監督」。九月、『ページをめくる指』（河出書房新社）刊。一〇月、第二八回より「泉鏡花文学賞」選考委員となる。

二〇〇一年（平成一三年）五三―五四歳

「月刊百科」五月号にて「待つこと、忘れること」連載再開（〇二年五月号まで）。八月、『ノミ、サーカスへゆく』（絵＝金井久美子、角川春樹事務所）刊。

二〇〇二年（平成一四年）五四―五五歳

一月、『噂の娘』（講談社）刊。「群像」二月号で城殿智行と対談「映画・小説・批評―表象の記憶をめぐって」。二月、『軽いめまい』（講談社文庫）刊。「一冊の本」四月号より「日白雑録《ひびのあれこれ》」を連載（一一年三月号まで同題）。「一枚の繪」四月号より「切りぬき美術館」を連載（〇四年六月号まで）。「早稲田文学」五月号に青山真治との対談「小説と映画」（青山ブックセンターでの対談の再録）。六月、青山真治『ユリイカ』（角川文庫）に解説「「競争相手は馬鹿ばかり」の世界へようこそ」。「小説トリッパー」夏季号より「快適生活研究」を連載（〇六年夏季号まで）。一〇月、『待つこと、忘れること？』（絵＝金井久美子、平凡社）、『彼女（たち）について私の知っている二、三の事柄』（朝日文庫）刊。一二月、青山ブックセンター本店にて、「待つこと、忘れること？」金井久美子原画展開催。

二〇〇三年（平成一五年）五五―五六歳

一月、「アートスペース美蕾樹」にて、金井久美子「ノミ、サーカスへゆく」展開催。「群像」二月号で山根貞男と対談「映画と批評の現在」。四月、「教養主義！」（フリースタイル）に「ちりあくたの輝く「本の小部屋」から」。「早稲田文学」五月号に鈴木一誌との対談「画面の誕生、ページをめくる指―一〇〇の断片が作者を待っている」（青山ブックセンターでの対談の再録）。「和楽」一〇月号より「movie」欄で連載（翌年一月号まで）。一一月、『「競争相手は馬鹿ばかり」の世界へようこそ』（講談社）刊。

二〇〇四年（平成一六年）五六―五七歳

「新潮」一月号に「ピース・オブ・ケーキ」。「ユリイカ」一月号で丹生谷貴志、金井久美子と鼎談「退屈とくだらなさの擁護」（特集・クマのプーさん）。「和楽」二月号より「楽しみと日々」を連載（〇五年三月号まで）。五月、紀伊國屋書店「I feel：読書風景」（春号）で斎藤美奈子と対談「『文学的商品学』をめぐって―小説に登場する「モノ」の読み方、描き方」。六月、『目白雑録《ひびのあれこれ》』（朝日新聞社）刊。一一月、『愛的生活・森林裡的美人魚』（蘇怡文訳、新雨出版社）刊。一二月、『噂の娘』（講談社文庫）刊。

二〇〇五年（平成一七年）五七―五八歳

「文學界」二月号で田壮壮にインタヴュー「映画が撮れなくなったら生きていても意味

がありません」。「ミセス」六月号より「昔のミセス」を連載（〇六年一二月号まで）。「ユリイカ」一二月号に「エイ、エイ、」（特集・野坂昭如）。一二月、『スクラップ・ギャラリー　切りぬき美術館』（平凡社）刊。山田宏一の学習院大学での公開連続講義「身体表象文化としての映画誌」に通う。

二〇〇六年（平成一八年）五八―五九歳

六月、『目白雑録《ひびのあれこれ》2』（朝日新聞社）刊。「別冊文藝春秋」九月号より「猫の一年」を連載（絵＝金井久美子、一〇年一一月号まで）。一〇月、『快適生活研究』（朝日新聞社）刊。一二月、「小説トリッパー」冬季号に「「小説」と「フットボール」の過激な関係」（田口賢司によるインタヴュー）。

二〇〇七年（平成一九年）五九―六〇歳

一月、『戦後短篇小説再発見　1　青春の光と影』（講談社文芸文庫、二〇〇一年）の仏訳版 *Jeunesse. Anthologie de nouvelles japonaises contemporaines 1*, trans. Jean-Jacques Tschudin and Pascale Simon (Monaco; Paris: Ed. du Rocher) に *Couleurs d'eau*（「水の色」）が収録。四月、『楽しみと日々』（オブジェ＝金井久美子、平凡社）、『目白雑録《ひびのあれこれ》』（朝日文庫）刊。五月、銀座「村越画廊」にて、金井久美子作品展「楽しみと日々　オブジェとタブロー」開催。同月、右眼が網膜剥離になり手術を受ける。九月四日、トラー、永眠。「一冊の本」一〇月号に「トラーの最後の晩餐、禁煙その他」。

二〇〇八年（平成二〇年）六〇―六一歳

「文學界」一月号で中原昌也の対談連載「映画の頭脳破壊」のゲストとなり「女装と円熟―『夜顔』」。続けて同二月号では、金井久美子も加わり「自意識を超えて―『人のセックスを笑うな』」。四月、『小説論―読まれなくなった小説のために』（朝日文庫）刊。八月、『昔のミセス』（幻戯書房）刊。

二〇〇九年（平成二一年）六一—六二歳
三月、『小川洋子の偏愛短篇箱』（河出書房新社）に「兎」が収録。『柔らかい土をふんで、』（河出文庫）刊。四月、『目白雑録《ひびのあれこれ》3』（朝日新聞出版）刊。七月、『目白雑録《ひびのあれこれ》2』（朝日文庫）刊。八月、『岸辺のない海』（河出文庫）刊。*The Word Book,* trans. Paul McCarthy（Dalkey Archive Press）刊。
二〇一〇年（平成二二年）六二—六三歳
四月、『快適生活研究』（朝日文庫）刊。
二〇一一年（平成二三年）六三—六四歳
一月、『猫の一年』（文藝春秋）刊。同月、銀座「村越画廊」にて、金井久美子展「猫の一年」開催。「通販生活」春号、野坂昭如の「昭和ヒトケタからの詫び状」往復書簡編で、「女の「脚」問題をめぐる3人の男の発言から考えたこと。」。六月、『日々のあれこれ—目白雑録4』（朝日新聞出版）刊。「新潮」九月号に「ピース・オブ・ケーキとトゥワイス・トールド・テールズ」。「一冊の本」一一月号より「小さいもの、大きいこと」を連載。一一月、『目白雑録《ひびのあれこれ》3』（朝日文庫）刊。*Le Livre des mots,* trans. Isabelle Sakai（La Chambre Japonaise）刊。
二〇一二年（平成二四年）六四—六五歳
一月、『ピース・オブ・ケーキとトゥワイス・トールド・テールズ』（新潮社）刊。二月二〇日、同書刊行を記念して朝吹真理子とジュンク堂書店池袋本店で対談。同月、『吉田健一—生誕一〇〇年 最後の文士』（KAWADE道の手帖）で丹生谷貴志と対談「吉田健一が小説を書く時をめぐって」。「新潮」三月号で「読む快楽《よろこび》と書く快楽《おののき》—金井美恵子ロングインタビュー」（「新潮」編集長・矢野優によるインタヴュー）。四月、『ページをめくる指—絵本の世界の魅力』（平凡社ライブラリー）刊。五月、『深沢七郎—没後25年ちょっと一服、冥土の道草』（KAWADE道の手帖）に「たとへば（君）、あるいは、告白、だから、というか、なので、『風流夢譚』で短歌を解毒する」。同月一九日、日本ナボコフ協会大会で若島正と対談講演「ナボコフと映画」（Krug. New series 5に収録）。八月、*Indian Summer*, trans. Tomoko Aoyama and Barbara Hartley（Cornell University East Asia Program, Cornell East Asia Series 155）刊。「別冊文藝春秋」九月号より「お勝手太平記」を連載（一四年一月号まで）。九月三〇日、「毎日新聞」のコラム欄「好きなもの」で、「映画の本と世界」・「トリュフォーの手紙」・「山田宏一のインタビュー」を挙げる。一一月二七日、池袋新文芸坐での「生誕80年／『トリュフォーの手紙』刊行記念　フランソワ・トリュフォー特集」で井口奈己と対談。

二〇一三年（平成二五年）　六五―六六歳

「新潮」五月号に「破船」（コラージュ＝岡上淑子）と、「『この人を見よ』あるいは、ボヴァリー夫人も私だ」。七月一五日、シアター・イメージフォーラムでのミゲル・ゴメス『熱波』の上映に際し講演。八月、『金井美恵子エッセイ・コレクション［1964-2013］』（全4巻、平凡社）刊行開始。平凡社では特設ウエブサイトが開設された。同月二七日、コレクション刊行を記念して中島京子とジュンク堂書店池袋本店で対談。九月、『アンソロジー　お弁当。』（パルコエンタテインメント事業部）に「白い御飯」収録。『小さいもの、大きいこと―目白雑録《ひびのあれこれ》5』（朝日新聞出版）刊。同月二四日より銀座「村越画廊」にて、金井久美子展「小さいもの、大きいこと」開催。「一冊の本」一〇月号より「もっと、小さいこと」を連載（二〇一五年九月号まで）。一一月二日、「東京新聞」にインタヴュー「優雅で野蛮なことば」。同月一〇日、紀伊國屋書店新宿本店で『金井美恵子エッセイ・コレクション3　小説を読む、ことばを書く』刊行記念講演会「私が読んできた「本」と出会った作家たち」。一二月、笙野頼子『幽界森娘異聞』（講談社文芸文庫）に解説「なぜ、「これなら私にも書けると思った」と、二人の女性作家（私の知るかぎり）は『幽界森娘異聞』を読んで考えたのだろうか、」。

二〇一四年（平成二六年）　六六―六七歳

「家庭画報」一月号より「あそびの記憶」を連載（一二月号まで）。一月、*Oh, Tama!*, trans. Tomoko Aoyama and Paul McCarthy (Kurodahan Press) 刊。高原英理編『リテラリーゴシック・イン・ジャパン―文学的ゴシック作品選』（ちくま文庫）に「兎」が収録。*Liefdesdood in Kamara en andere Japanse verhalen*, ed., trans, afterword, Luk Van Haute (Ams: Atlas Contact) に *Konijnen*（「兎」）が収録。「キネマ旬報」三月上旬号に「繊細なホラー映画かもしれない―『ニシノユキヒコの恋と冒険』に寄せて」。四月二三日、「朝日新聞」にインタヴュー「文章を愛するからこそ」。「暮しの手帖」四―五月号に「紙袋と戦後」。六月、平凡社「こころ」Vol.19の「一〇〇人が綴る「私の思い出の一冊」」で『唐代伝奇集』（前野直彬編訳、全2巻、東洋文庫）を挙げる。「新潮」六月号に「昇天」（コラージュ＝岡上淑子）。「月刊ねこ新聞」（六月一二日、一七二号）に「猫のいない生活の良さについて」。「キネマ旬報」七月上旬号で大久保清朗によるインタヴュー「映画を批評しない、映画を書きうつす、という欲望」。「ヴォーグ・ジャパン」九月号の「作家の綴る、読む映画。」で「夕食の後に楽しむ映画。」。九月、『お勝手太平記』（文藝春秋）刊。一〇月、『砂の粒／孤独な場所で　金井美恵子自選短篇集』（講談社文芸文庫）刊。一〇月三日、神戸映画資料館で「親密さから生まれるデザイン―金井美恵子と金井久美子の本づくり」開催（一四日まで）。同資料館では「『本』という『モノ』づくり」「本と映画の楽しみ」として金井美恵子・金井久美子のトークイベント（聞き手＝丹生谷貴志）と、ジャン・ルノワール『牝犬』を上映（一一日）。「コモ・レ・バ？」vol.21に「平面の輝き―映画スターのポートレイトと光」。一一月五日、ラジオ関西「シネマキネマ」でインタヴューが放送。一二月一八日、『お勝手太平記』刊行を記念してジュンク堂書店池袋本店で講演「アキコさんは私だ⁉」。金井久美子、桜井美穂子、大久保京と座談会「猫と本と絵画と」（大久保京『猫本屋はじめました』洋泉社に収録）。「婦人公論」一二月二二日／一月七日合併特大号の「book 私の書いた本」で、インタヴュー「勝手気ままで笑いを誘う50通の手紙でできた小説」。

二〇一五年（平成二七年）　六七―六八歳

「文學界」一月号より「『スタア誕生』」を連載。「新潮」一月号に「シテール島へ、」。「新潮」三月号に「共に作る批評、インタビューの倫理と快楽」―『トリュフォー最後のインタビュー』（山田宏一・蓮實重彥／平凡社）。四月、「子午線―原理・形態・批評」vol.3でインタヴュー「書くことより読むほうがずっとむずかしい」と、野田康文との『ピース・オブ・ケーキとトゥワイス・トールド・テールズ』をめぐる往復書簡。「別冊　天然生活」五月号に「猫の手ざわり」。「新潮」五月号に「呼び声、もしくはサンザシ」。五月二三日、神奈川近代文学館で講演「谷崎潤一郎的幸福―あるいは、書くことの幸福と作家たち」（講演録「書くことの幸福」として同年「文學界」八月号に掲載）。同月三〇日、シス書店で行われた『はるかな旅　岡上淑子作品集』出版記念展で講演。六月、『恋人たち／

社文芸文庫）刊。七月九日、「朝日新聞」降誕祭の夜　金井美恵子自選短篇集』（講談に、「カメラの「眼」とらえた世界―西江雅之さんを悼む」。「新潮」九月号に「『孤独の讃歌』あるいは、カストロの尻」。「一冊の本」九月号の「もっと、小さいこと」24「言説は繰り返す」で「目白雑録」の連載最終回。一〇月、磯﨑憲一郎『往古来今』（文春文庫）に解説「『往古来今』を読む」。一一月より「ウェブ平凡」で「切りぬき美術館　新スクラップ・ギャラリー」を連載。一二月、『エオンタ／自然の子供　金井美恵子自選短篇集』（講談社文芸文庫）刊。一二月二三日、ジュンク堂書店池袋本店でトークイベント、金井美恵子＋磯﨑憲一郎＋中原昌也「文庫で小説を読む楽しみ」。

二〇一六年（平成二八年）六八―六九歳

「新潮」一月号に「胡同《フートン》のジャスミン」。「群像」一月号に「小さな女の子のいっぱいになった膀胱について」。「天然生活」三月号より連載「小さな暮らしの断片《かけら》」開始（二〇一八年二月号まで）。四月、『新・目白雑録―もっと、小さいこと』（平凡社）刊。「新潮」五月号に「廃墟の旋律」。六月、野坂昭如『男の詫び状』（文藝春秋）に往復書簡：金井「ナマ脚という言葉は、昔からあったのでしょうか。」／野坂「素足という言葉の響きには、さっぱりとした色気がある。」（二〇一一年の誌上往復書簡の改題再録）。六月八日、ジュンク堂書店池袋本店で『新・目白雑録―もっと、小さいこと』刊行記念トークイベント「「目白雑録」の14年　えっ？　ホントに終わったの?!」（『早稲田文学』秋号に再構成して掲載）。「新潮」七月号に「雷鳴の湾―王女」。「新潮」九月号に「雷鳴の湾―Miscellany」。「新潮」一一月号に「カストロの尻―Miscellany」。

二〇一七年（平成二九年）六九―七〇歳

五月、『カストロの尻』（新潮社）刊。五月一三日、練馬区立石神井公園ふるさと文化館の特別展「映画に魅せられた文豪・文士たち—知られざる珠玉のシネマガイド」で講演「小説と映画の蜜月時代」。六月一六日、本屋B&Bで金井美恵子+矢野優「作家デビュー50年、金井美恵子が語る小説家の〝幸福〟—『カストロの尻』刊行記念」。七月、銀座百点編『おしゃべりな銀座』（扶桑社）に「奇妙な思い出」。『池澤夏樹＝個人編集　日本文学全集 28』（河出書房新社）に「『月』について」が収録。「中央公論」九月号「著者に聞く　金井美恵子『カストロの尻』」。一〇月、世田谷文学館で開催（一〇月七日—一二月一七日）の『澁澤龍彥　ドラコニアの地平』展覧会図録（平凡社）に「声の彼方の記憶」。「文學界」一一月号に「スタア誕生（最終回）」。一二月、松本圭二『詩人調査（松本圭二セレクション第7巻（小説1）』（航思社）の栞に「「奴隷の書き物」の書き方について」。

二〇一八年（平成三〇年）七〇—七一歳

「文學界」一月号に「書きおえたはずのそばから、」。二月、「作家生活五〇周年記念」と銘打たれた、『「スタア誕生」』（文藝春秋）刊。三月、『カストロの尻』で第六八回芸術選奨文部科学大臣賞受賞。「早稲田文学」春号で「特集　金井美恵子なんかこわくない」（金井久美子とともに編集協力）。同誌に短篇「拾った女、あるいは、死んだ犬」、エッセイ「今はむかし」「おかべりかさんのこと—追悼にかえて」を書き下ろし、インタビュー「「小説家」の「幸福」と「小説の残骸」について語る」（聞き手＝矢野優）、「金井美恵子入門」（聞き手＝丹生谷貴志）を受ける。「週刊文春」三月二九日号「この人のスケジュール表」に「金井美恵子と姉・金井久美子が語る、書くこと、作ること」。四月、『「スタア誕生』刊行を記念して金井美恵子と金井久美子による二人展「トークと絵画と映像による本の世界」が開催（四月五－八日、KIITO デザイン・クリエイティブセンター神戸ギャラリーA。金井久美子の絵画・オブジェ・装釘の書籍の展示、金井美恵子による講演「本の夢・映画の夢」、山田宏一監修による特別映像の上映、最終日の姉妹のトークにはスペシャルゲストとして井口奈己が登壇）。「新潮」五月号に「50年、30年、70歳、30万円」。六月一日、本屋B&Bで野崎歓と対談（「『スタア誕生』余話－映画は彼女たちのものである」として「文學界」九月号に掲載）。七月、和田博文編『月の文学館－月の人の一人とならむ』（ちくま文庫）に「月」が収録。一二月、イルメラ・日地谷＝キルシュネライト編『〈女流〉放談－昭和を生きた女性作家たち』（岩波書店）に、一九八二年四月一四日に行われた編者によるインタビュー「女性作家だという意識なしで読んでもらいたい」と金井による「遅れてきたインタビューへの補記」が収録。「文學界」一二月号より「首の行方、あるいは……」を連載。

二〇一九年（平成三一年／令和元年）七一－七二歳

一月、『たのしい暮しの断片《かけら》』（平凡社）刊。「新潮」一月号に「角砂糖、」二月二三日、ジュンク堂書店池袋本店で金井美恵子＋金井久美子「トークセッション『たのしい暮しの断片《かけら》』（平凡社）刊行記念」。三月一六日、本屋B&Bで金井美恵子＋金井久美子「気持ちの良いことを日々の暮しの中に探して」。四月、*Oh, Tama!: a Mejiro Novel*, trans. Tomoko Aoyama and Paul McCarthy (Stone Bridge Press) 刊。DIC川村記念美術館で開催（三月二三日－六月一六日）の『ジョゼフ・コーネル　コラージュ&モンタージュ』展覧会カタログ（フィルムアート社）に「ジョセフ・コーネル　箱の旅人」を収録。五月、「朝日新聞」（五月二日）に「平成は終わる　うやうやしく―令和に寄せて」。一一月、『武田百合子対談集』（中央公論新社）に金井久美子との鼎談「メリイ・ウイドウのお話」が収録（本鼎談は『鼎談集　金井姉妹のマッド・ティーパーティーへようこそ』にも収録）。

二〇二〇年（令和二年）七二―七三歳

四月、フランソワ・トリュフォー『ある映画の物語』（山田宏一訳、草思社文庫）に特別寄稿「『ある映画の物語』のためのコラージュ、そしてオマージュ」。六月、「ちくま」で「重箱のすみから」（配信の「Webちくま」では「重箱の隅から」）を連載。一〇月、『猫は神さまの贈り物―小説編』（実業之日本社文庫）に「暗殺者」が収録。一一月、山尾悠子『飛ぶ孔雀』（文春文庫）に解説「深川浅景からコスモスの夢」。

二〇二一年（令和三年）七三―七四歳

「文學界」二月号に「「ろまんさ」―切手アルバム」とインタビュー「私の実在を保証してくれた吉岡実」。三月、『〈3・11〉はどう語られたか―目白雑録　小さいもの、大きいこと』（平凡社ライブラリー）刊。『夜想#山尾悠子』（ステュディオ・パラボリカ）に「入子話」。「新潮」九月号に「豚の声、春の声」。九月、『作家と酒』（平凡社）に「酒の楽しみ」が収録。一二月、金井久美子＋金井美恵子『鼎談集　金井姉妹のマッド・ティーパーティーへようこそ』（中央公論新社）刊。語り下ろし「あの頃、そして今のお話」も収録。

二〇二二年（令和四年）七四―七五歳

四月、神奈川近代文学館で開催（四月二日―五月二二日）の『生誕一一〇年　吉田健一展　文學《ぶんがく》の樂《たの》しみ』展覧会図録に「中村光夫の添削・吉田健一の推敲」。吉行淳之介編『ネコ・ロマンチスム』(中公文庫)に「海のスフィンクス」が収録。一〇月二三日、泉鏡花文学賞の選考委員を退任(第五〇回)。この日に開催された選考委員によるシンポジウムを欠席するも予定していた講演原稿を読み上げた録音を会場に届けた。「中日新聞」一〇月二二日に「継続は「金沢の底力」」と談話。一一月、『シロかクロか、どちらにしてもトラ柄ではない―たのしい暮しの断片《かけら》』(平凡社)刊。

二〇二三年(令和五年)七五―七六歳

一月、山田英生編『つげ義春賛江―偏愛エッセイ・評論集』(双葉社)に「魂の構造の秘密の海」が収録。二月一八日、恵比寿映像祭2023の井口奈己特集で『こどもが映画をつくるとき』上映後に井口奈己・金井久美子とトーク。三月、『迷い猫あずかってます』(中公文庫)刊。五月、*Mild Vertigo*, trans. Polly Barton with an afterword by Kate Zambreno (New Directions) 刊。六月、*Mild Vertigo*, trans. Polly Barton (Fitzcarraldo Editions) 刊。恵文社一乗寺店で「金井姉妹の世界&井口奈己監督作品上映―映画《シネマ》と本と絵」が開催(六月二一日―七月二日。展覧会「金井久美子の世界―映画《シネマ》と猫とウサギも」、金井美恵子+金井久美子トーク&サイン会、井口奈己の『だれかが歌ってる』、『こどもが映画をつくるとき』の上映、『左手に気をつけろ』の初上映と姉妹と井口のトークイベント)。「新潮」九月号の「永久保存版 テロと戦時下の2022―2023日記リレー」に六月九日から六月一五日までを執筆。一〇月二三日、金井久美子とともにエグゼクティブ・プロデューサーを務めた井口奈己の『左手に気をつけろ』が第三六回東京国際映画祭NIPPON CINEMA NOW部門公式出品作品としてワールド・プレミア上映、レッドカーペットを歩く。

二〇二四年（令和六年）七六—七七歳
一月、『50歳からの読書案内』（中央公論新社）の「文体の持つ魅力—中村光夫『今はむかし』ほか」で同書と『文学回想　憂しと見し世』を紹介。二月、『カストロの尻』（中公文庫）刊。三月、『ピース・オブ・ケーキとトゥワイス・トールド・テールズ』（中公文庫）刊。「新潮」六月号に「夢の切れはし」。井口奈己の『左手に気をつけろ』が六月八日より渋谷ユーロスペースほか全国順次公開（併映『だれかが歌ってる』）。同作品の劇場パンフレットに対談、金井久美子+金井美恵子「人生は終っても映画は続くから—はじめて映画制作の現場に近づいて」。また、ポスターと劇場パンフレットのデザインは金井久美子・中村香織、編集は金井美恵子・吉田尚子・冨田三起子・日下部行洋。「天然生活」六月号でインタビュー「金井美恵子さん、久美子さん　映画づくりの現場へ」。「群像」八月号に、ケイト・ザンブレノによる『軽いめまい』英訳書（New Directions版）の巻末エッセイ（西山敦子訳）が掲載。

作成に当たっては、武藤康史氏作成の「年譜」（『金井美恵子全短篇Ⅲ』日本文芸社）、「年譜」「著書目録」（『愛の生活・森のメリュジーヌ』講談社文芸文庫）などを参照した。

（作成・前田晃一）

著書目録

金井美恵子

【単行本・単著】

愛の生活　昭43・8　筑摩書房
夢の時間　昭45・9　新潮社
マダム・ジュジュの家　昭46・6　思潮社
金井美恵子詩集（現代詩文庫55）　昭48・7　思潮社
春の画の館　昭48・12　思潮社
兎　昭48・12　筑摩書房
夜になっても遊びつづけろ　昭49・2　講談社
岸辺のない海　昭49・3　中央公論社
アカシア騎士団　昭51・2　新潮社
添寝の悪夢　午睡の夢　昭51・8　中央公論社
書くことのはじまりにむかって　昭53・8　中央公論社
プラトン的恋愛　昭54・7　講談社
単語集　昭54・11　筑摩書房
くずれる水　昭56・8　集英社
手と手の間で― essay 1978〜1981　昭57・6　河出書房新社
花火　昭58・4　書肆山田
言葉と〈ずれ〉　昭58・5　中央公論社
映画、柔らかい肌　昭58・10　河出書房新社
愛のような話　昭59・6　中央公論社
おばさんのディスク　昭59・10　筑摩書房

ール
文章教室 昭60・1 福武書店
ながい、ながい、ふんどしのはなし ―スケッチブック 1972〜1984 昭60・5 筑摩書房
あかるい部屋のなかで 昭61・12 福武書店
小説論―読まれなくなった小説のために 昭62・10 岩波書店
タマや 昭62・11 講談社
小春日和《インディアン・サマー》 昭63・11 中央公論社
本を書く人読まぬ人とかくこの世はままならぬ 平元・11 日本文芸社
道化師の恋 平2・9 中央公論社
迷い猫あずかってます―遊興一匹 平5・6 新潮社
本を書く人読まぬ人とかくこの世はままならぬ PART II 平5・10 日本文芸社
愉しみはTVの彼方に―Imitation of cinema 平6・12 中央公論社
恋愛太平記1・2 平7・6 集英社
岸辺のない海（完本） 平7・7 日本文芸社
軽いめまい 平9・4 講談社
柔らかい土をふんで、 平9・11 河出書房新社
重箱のすみ 平10・3 講談社
彼女（たち）について私の知っている二、三の事柄 平12・5 朝日新聞社
ページをめくる指 平12・9 河出書房新社
噂の娘 平14・1 講談社
「競争相手は馬鹿ばかり」の世界へようこそ 平15・11 講談社
目白雑録《ひびのあれこれ》 平16・6 朝日新聞社
スクラップ・ギャラリー 切りぬき美術館 平17・11 平凡社

目白雑録《ひびのあれこれ》2　平18・6　朝日新聞社
快適生活研究　平18・10　朝日新聞社
昔のミセス　平20・8　幻戯書房
目白雑録《ひびのあれこれ》3　平21・4　朝日新聞出版
猫の一年　平23・1　文藝春秋
日々のあれこれ—目白雑録4　平23・6　朝日新聞出版
ピース・オブ・ケーキとトゥワイス・トールド・テールズ　平24・1　新潮社
小さいもの、大きいこと—目白雑録5　平25・9　朝日新聞出版
お勝手太平記　平26・9　文藝春秋
新・目白雑録—もっと、小さいこと　平28・4　平凡社
カストロの尻　平29・5　新潮社
『スタア誕生』　平30・2　文藝春秋

【単行本・共著】

既視の街（写真＝渡辺兼人）　昭55・9　新潮社
私は本当に私なのか—自己論講義（木村敏との対談）　昭58・10　朝日出版社
セリ・シャンブル3　金井美恵子・金井久美子の部屋　昭60・11　旺文社
ノミ、サーカスへゆく（絵＝金井久美子）　平13・8　角川春樹事務所
待つこと、忘れること？（絵＝金井久美子）　平14・10　平凡社
楽しみと日々（オブジェ＝金井久美子）　平19・4　平凡社
たのしい暮しの断片《かけら》（絵＝金井久美子）　平31・1　平凡社
鼎談集　金井姉妹のマッド・ティーパーティーへようこ　令3・12　中央公論新社

そ（金井美恵子＋金井久美子とゲストによる鼎談集）

シロかクロか、どちらにしてもトラ柄ではない―たのしい暮しの断片《かけら》（絵＝金井久美子） 令4・11 平凡社

【全集】

金井美恵子全短篇 全3巻（解題・年＝武藤康史） 平4 日本文芸社

金井美恵子エッセイ・コレクション[1964-2013] 1 夜になっても遊びつづけろ（解＝中島京子 著者インタヴュー＝上野昂志） 平25・8 平凡社

金井美恵子エッセイ・コレクション[1964-2013] 2 猫、そのほかの動物（解＝桜井美穂子） 平25・8 平凡社

金井美恵子エッセイ・コレクション[1964-2013] 3 小説を読む、ことばを書く（解＝朝吹真理子） 平25・10 平凡社

金井美恵子エッセイ・コレクション[1964-2013] 4 映画、柔らかい肌。映画にさわる（著者インタヴュー＝山田宏一 特別インタヴュー＝金井久美子） 平26・3 平凡社

【文庫】

愛の生活 昭48・11 新潮文庫
（解＝河野多恵子）
夢の時間 昭50・1 新潮文庫
（解＝野口武彦）
岸辺のない海 昭51・10 中公文庫
（解＝巖谷國士）
夜になっても遊びつづけろ 昭52・2 講談社文庫
兎 昭54・2 集英社文庫
（解＝吉田健一）
添寝の悪夢 午睡の夢 昭54・7 中公文庫
春の画の館 昭54・11 講談社文庫
（解＝巖谷國士）
アカシア騎士団 昭55・9 集英社文庫
（解＝今井裕康）
書くことのはじまりにむかって 昭56・7 中公文庫
（解＝蓮實重彥）
プラトン的恋愛 昭57・4 講談社文庫
（解＝秋山駿）
単語集 昭60・6 講談社文庫
（解＝江中直紀）
文章教室 昭62・9 福武文庫
（著者インタヴュー＝蓮實重彥）
タマや 平3・1 講談社文庫
（解＝武藤康史）
あかるい部屋のなかで 平7・11 福武文庫
（解＝芳川泰久）
遊興一匹 迷い猫あずかってます 平8・9 新潮文庫
（解＝吉田暁子）
愛の生活・森のメリュジーヌ 平9・8 講談社文芸文庫
（解＝芳川泰久 年・著＝武藤康史）

ピクニック、その他の短篇　平10・12　講談社文芸文庫
（解＝堀江敏幸　年・著＝武藤康史）
小春日和《インディアン・サマー》　平11・4　河出文庫
（解＝斎藤美奈子）（文藝コレクション）
文章教室　平11・5　河出文庫
（解＝三浦俊彦）（文藝コレクション）
タマや　平11・6　河出文庫
（解＝保坂和志）（文藝コレクション）
道化師の恋　平11・7　河出文庫
（解＝江國香織）（文藝コレクション）
恋愛太平記1　平11・11　集英社文庫
恋愛太平記2　平11・11　集英社文庫
（解＝斎藤美奈子）
軽いめまい　平14・2　講談社文庫
（解＝堀江敏幸）
彼女（たち）について私の知っている二、三の事柄　平14・10　朝日文庫
（解＝丹生谷貴志）
噂の娘　平16・12　講談社文庫
（著者インタヴュー＝講談社文庫編集部）
目白雑録《ひびのあれこれ》　平19・4　朝日文庫
（解＝中森明夫）
小説論―読まれなくなった小説のために　平20・4　朝日文庫
（著者インタヴュー1＝城殿智行、著者インタヴュー2＝田口賢司）
柔らかい土をふんで、　平21・3　河出文庫
（著者インタヴュー＝矢野優）
目白雑録《ひびのあれこれ》2　平21・7　朝日文庫
（解＝田口賢司）
岸辺のない海　平21・8　河出文庫
（解＝榊敦子）
快適生活研究　平22・4　朝日文庫
（著者インタヴュー＝

編集部）
目白雑録《ひびのあれこれ》3　平23・11　朝日文庫（解＝陣野俊史）
ページをめくる指—絵本の世界の魅力　平24・4　平凡社ライブラリー（解＝千野帽子）
砂の粒／孤独な場所で　金井美恵子自選短篇集（解＝磯﨑憲一郎、年・著＝前田晃一）　平26・10　講談社文芸文庫
恋人たち／降誕祭の夜　金井美恵子自選短篇集（解＝中原昌也、年・著＝前田晃一）　平27・6　講談社文芸文庫
エオンタ／自然の子供　金井美恵子自選短篇集（解＝野田康文、年・著＝前田晃一）　平27・12　講談社文芸文庫
〈3・11〉はどう語られたか—目白雑録　令3・3　平凡社ライブラリー
小さいもの、大きいこと（解＝鈴木了二）
迷い猫あずかってます（解＝桜井美穂子）　令5・3　中公文庫
カストロの尻（解＝堀千晶）　令6・2　中公文庫
ピース・オブ・ケーキとトゥワイス・トールド・テールズ（エッセイ＝金井久美子、著者インタビュー＝矢野優）　令6・3　中公文庫

【翻訳】
愛的生活・森林裡的美人魚（訳＝蘇怡文）　平16・11　新雨出版社（台北）
The Word Book　平21・10　Dalkey

(訳=Paul McCarthy) Archive Press (Champaign, Ill.)

Le Livre des mots (訳=Isabelle Sakai) 平23・11 La Chambre Japonaise (Paris)

Indian Summer 《Cornell East Asia Series 155》 (訳=Tomoko Aoyama and Barbara Hartley) 平24・8 Cornell University East Asia Program (Ithaca, NY)

Oh, Tama! (訳=Tomoko Aoyama and Paul McCarthy) 平26・1 Kurodahan Press (福岡)

Oh, Tama!: a Mejiro Novel (訳=Tomoko Aoyama and Paul McCarthy) 令元・4 Stone Bridge Press (Berkeley, CA)

Mild Vertigo (訳=Polly Barton／巻末エッセイ=Kate Zambreno) 令5・5 New Directions (New York, NY)

Mild Vertigo (訳=Polly Barton) 令5・6 Fitzcarraldo Editions (London)

（ ）内の略号は、解=解説 年=年譜 著=著書目録を示す。なお、著者インタヴューは著者へのインタヴューを示し、=に続いて聞き手を示す。

（作成・前田晃一）

本書は『軽いめまい』（二〇〇二年二月、講談社文庫刊）
を底本としました。

Kodansha Bungei bunko

軽《かる》いめまい
金井美恵子《かないみえこ》

2025年1月10日第1刷発行

発行者……………………篠木和久
発行所……………………株式会社 講談社
〒112-8001 東京都文京区音羽2・12・21
電話 編集 (03) 5395・3513
販売 (03) 5395・5817
業務 (03) 5395・3615

デザイン…………………水戸部 功
印刷………………………株式会社KPSプロダクツ
製本………………………株式会社国宝社
本文データ制作…………講談社デジタル製作

ISBN978-4-06-538141-0

講談社文芸文庫

稲垣足穂	稲垣足穂詩文集	高橋孝次──解／高橋孝次──年
稲葉真弓	半島へ	木村朗子──解
井上ひさし	京伝店の烟草入れ 井上ひさし江戸小説集	野口武彦──解／渡辺昭夫──年
井上靖	補陀落渡海記 井上靖短篇名作集	曾根博義──解／曾根博義──年
井上靖	本覚坊遺文	高橋英夫──解／曾根博義──年
井上靖	崑崙の玉｜漂流 井上靖歴史小説傑作選	島内景二──解／曾根博義──年
井伏鱒二	還暦の鯉	庄野潤三──人／松本武夫──年
井伏鱒二	厄除け詩集	河盛好蔵──人／松本武夫──年
井伏鱒二	夜ふけと梅の花｜山椒魚	秋山 駿──解／松本武夫──年
井伏鱒二	鞆ノ津茶会記	加藤典洋──解／寺横武夫──年
井伏鱒二	釣師・釣場	夢枕 獏──解／寺横武夫──年
色川武大	生家へ	平岡篤頼──解／著者──年
色川武大	狂人日記	佐伯一麦──解／著者──年
色川武大	小さな部屋｜明日泣く	内藤 誠──解／著者──年
岩阪恵子	木山さん、捷平さん	蜂飼 耳──解／著者──年
内田百閒	百閒随筆 Ⅱ 池内紀編	池内 紀──解／佐藤 聖──年
内田百閒	［ワイド版］百閒随筆 Ⅰ 池内紀編	池内 紀──解
宇野浩二	思い川｜枯木のある風景｜蔵の中	水上 勉──解／柳沢孝子──案
梅崎春生	桜島｜日の果て｜幻化	川村 湊──解／古林 尚──案
梅崎春生	ボロ家の春秋	菅野昭正──解／編集部──年
梅崎春生	狂い凧	戸塚麻子──解／編集部──年
梅崎春生	悪酒の時代 猫のことなど ─梅崎春生随筆集─	外岡秀俊──解／編集部──年
江藤淳	成熟と喪失 ─"母"の崩壊─	上野千鶴子─解／平岡敏夫──案
江藤淳	考えるよろこび	田中和生──解／武藤康史──年
江藤淳	旅の話・犬の夢	富岡幸一郎─解／武藤康史──年
江藤淳	海舟余波 わが読史余滴	武藤康史──解／武藤康史──年
江藤淳 蓮實重彥	オールド・ファッション 普通の会話	高橋源一郎─解
遠藤周作	青い小さな葡萄	上総英郎──解／古屋健三──案
遠藤周作	白い人｜黄色い人	若林 真──解／広石廉二──年
遠藤周作	遠藤周作短篇名作選	加藤宗哉──解／加藤宗哉──年
遠藤周作	『深い河』創作日記	加藤宗哉──解／加藤宗哉──年
遠藤周作	［ワイド版］哀歌	上総英郎──解／高山鉄男──案
大江健三郎	万延元年のフットボール	加藤典洋──解／古林 尚──案

▶解＝解説　案＝作家案内　人＝人と作品　年＝年譜を示す。　2025年1月現在

講談社文芸文庫

講談社文芸文庫

小沼丹——小さな手袋　中村 明——人／中村 明——年
小沼丹——村のエトランジェ　長谷川郁夫—解／中村 明——年
小沼丹——珈琲挽き　清水良典—解／中村 明——年
小沼丹——木菟燈籠　堀江敏幸—解／中村 明——年
小沼丹——藁屋根　佐々木 敦—解／中村 明——年
折口信夫—折口信夫文芸論集 安藤礼二編　安藤礼二—解／著者——年
折口信夫—折口信夫天皇論集 安藤礼二編　安藤礼二—解
折口信夫—折口信夫芸能論集 安藤礼二編　安藤礼二—解
折口信夫—折口信夫対話集 安藤礼二編　安藤礼二—解／著者——年
加賀乙彦—帰らざる夏　リービ英雄-解／金子昌夫—案
葛西善蔵—哀しき父|椎の若葉　水上 勉—解／鎌田 慧—案
葛西善蔵—贋物|父の葬式　鎌田 慧—解
加藤典洋—アメリカの影　田中和生—解／著者——年
加藤典洋—戦後的思考　東 浩紀—解／著者——年
加藤典洋—完本 太宰と井伏 ふたつの戦後　與那覇 潤—解／著者——年
加藤典洋—テクストから遠く離れて　高橋源一郎-解／著者・編集部-年
加藤典洋—村上春樹の世界　マイケル・エメリックー解
加藤典洋—小説の未来　竹田青嗣—解／著者・編集部-年
加藤典洋—人類が永遠に続くのではないとしたら　吉川浩満—解／著者・編集部-年
加藤典洋—新旧論 三つの「新しさ」と「古さ」の共存　瀬尾育生—解／著者・編集部-年
金井美恵子-愛の生活|森のメリュジーヌ　芳川泰久—解／武藤康史—年
金井美恵子-ピクニック、その他の短篇　堀江敏幸—解／武藤康史—年
金井美恵子-砂の粒|孤独な場所で 金井美恵子自選短篇集　磯﨑憲一郎-解／前田晃——年
金井美恵子-恋人たち|降誕祭の夜 金井美恵子自選短篇集　中原昌也—解／前田晃——年
金井美恵子-エオンタ|自然の子供 金井美恵子自選短篇集　野田康文—解／前田晃——年
金井美恵子-軽いめまい　ケイト・ザンブレノ-解／前田晃——年
金子光晴—絶望の精神史　伊藤信吉—人／中島可一郎-年
金子光晴—詩集「三人」　原 満三寿—解／編集部——年
鏑木清方—紫陽花舎随筆 山田肇選　鏑木清方記念美術館-年
嘉村礒多—業苦|崖の下　秋山 駿—解／太田静一—年
柄谷行人—意味という病　絓 秀実—解／曾根博義—案
柄谷行人—畏怖する人間　井口時男—解／三浦雅士—案
柄谷行人編-近代日本の批評 Ⅰ 昭和篇上
柄谷行人編-近代日本の批評 Ⅱ 昭和篇下

講談社文芸文庫

講談社文芸文庫

講談社文芸文庫

講談社文芸文庫

講談社文芸文庫

塚本邦雄	王朝百首	橋本 治——解／島内景二——年
塚本邦雄	西行百首	島内景二——解／島内景二——年
塚本邦雄	秀吟百趣	島内景二——解
塚本邦雄	珠玉百歌仙	島内景二——解
塚本邦雄	新撰 小倉百人一首	島内景二——解
塚本邦雄	詞華美術館	島内景二——解
塚本邦雄	百花遊歴	島内景二——解
塚本邦雄	茂吉秀歌『赤光』百首	島内景二——解
塚本邦雄	新古今の惑星群	島内景二——解／島内景二——年
つげ義春	つげ義春日記	松田哲夫——解
辻 邦生	黄金の時刻の滴り	中条省平——解／井上明久——年
津島美知子	回想の太宰治	伊藤比呂美-解／編集部——年
津島佑子	光の領分	川村 湊——解／柳沢孝子——案
津島佑子	寵児	石原千秋——解／与那覇恵子-年
津島佑子	山を走る女	星野智幸——解／与那覇恵子-年
津島佑子	あまりに野蛮な 上・下	堀江敏幸——解／与那覇恵子-年
津島佑子	ヤマネコ・ドーム	安藤礼二——解／与那覇恵子-年
坪内祐三	慶応三年生まれ　七人の旋毛曲り 漱石・外骨・熊楠・露伴・子規・紅葉・緑雨とその時代	森山裕之——解／佐久間文子-年
坪内祐三	『別れる理由』が気になって	小島信夫——解
鶴見俊輔	埴谷雄高	加藤典洋——解／編集部——年
鶴見俊輔	ドグラ・マグラの世界｜夢野久作 迷宮の住人	安藤礼二——解
寺田寅彦	寺田寅彦セレクション Ⅰ 千葉俊二・細川光洋選	千葉俊二——解／永橋禎子——年
寺田寅彦	寺田寅彦セレクション Ⅱ 千葉俊二・細川光洋選	細川光洋——解
寺山修司	私という謎 寺山修司エッセイ選	川本三郎——解／白石 征——年
寺山修司	戦後詩 ユリシーズの不在	小嵐九八郎-解
十返 肇	「文壇」の崩壊 坪内祐三編	坪内祐三——解／編集部——年
徳田球一 志賀義雄	獄中十八年	鳥羽耕史——解
徳田秋声	あらくれ	大杉重男——解／松本 徹——年
徳田秋声	黴｜爛	宗像和重——解／松本 徹——年
富岡幸一郎	使徒的人間 —カール・バルト—	佐藤 優——解／著者——年
富岡多恵子	表現の風景	秋山 駿——解／木谷喜美枝-案
富岡多恵子編	大阪文学名作選	富岡多恵子-解

講談社文芸文庫

土門拳 ——風貌|私の美学 土門拳エッセイ選 酒井忠康編　酒井忠康——解／酒井忠康——年
永井荷風——日和下駄 一名 東京散策記　川本三郎——解／竹盛天雄——年
永井荷風——[ワイド版]日和下駄 一名 東京散策記　川本三郎——解／竹盛天雄——年
永井龍男——一個|秋その他　中野孝次——解／勝又 浩——案
永井龍男——カレンダーの余白　石原八束——人／森本昭三郎-年
永井龍男——東京の横丁　川本三郎——解／編集部——年
中上健次——熊野集　川村二郎——解／関井光男——案
中上健次——蛇淫　井口時男——解／藤本寿彦——年
中上健次——水の女　前田 塁——解／藤本寿彦——年
中上健次——地の果て 至上の時　辻原 登——解
中上健次——異族　渡邊英理——解
中川一政——画にもかけない　高橋玄洋——人／山田幸男——年
中沢けい——海を感じる時|水平線上にて　勝又 浩——解／近藤裕子——案
中沢新一——虹の理論　島田雅彦——解／安藤礼二——年
中島敦 ——光と風と夢|わが西遊記　川村 湊——解／鷺 只雄——案
中島敦 ——斗南先生|南島譚　勝又 浩——解／木村一信——案
中野重治——村の家|おじさんの話|歌のわかれ　川西政明——解／松下 裕——案
中野重治——斎藤茂吉ノート　小高 賢——解
中野好夫——シェイクスピアの面白さ　河合祥一郎-解／編集部——年
中原中也——中原中也全詩歌集 上・下 吉田凞生編　吉田凞生——解／青木 健——案
中村真一郎-この百年の小説 人生と文学と　紅野謙介——解
中村光夫——二葉亭四迷伝 ある先駆者の生涯　絓 秀実——解／十川信介——案
中村光夫選-私小説名作選 上・下 日本ペンクラブ編
中村武羅夫-現代文士廿八人　齋藤秀昭——解
夏目漱石——思い出す事など|私の個人主義|硝子戸の中　石﨑 等——年
成瀬櫻桃子-久保田万太郎の俳句　齋藤礎英——解／編集部——年
西脇順三郎-*ambarvalia*|旅人かへらず　新倉俊一——人／新倉俊一——年
丹羽文雄——小説作法　青木淳悟——解／中島国彦——年
野口冨士男-なぎの葉考|少女 野口冨士男短篇集　勝又 浩——解／編集部——年
野口冨士男-感触的昭和文壇史　川村 湊——解／平井一麥——年
野坂昭如——人称代名詞　秋山 駿——解／鈴木貞美——案
野坂昭如——東京小説　町田 康——解／村上玄一——年
野崎 歓 ——異邦の香り ネルヴァル『東方紀行』論　阿部公彦——解
野間 宏 ——暗い絵|顔の中の赤い月　紅野謙介——解／紅野謙介——年

野呂邦暢	―[ワイド版]草のつるぎ|一滴の夏 野呂邦暢作品集	川西政明―解／中野章子―年
橋川文三	―日本浪曼派批判序説	井口時男―解／赤藤了勇―年
蓮實重彥	―夏目漱石論	松浦理英子―解／著者―年
蓮實重彥	―「私小説」を読む	小野正嗣―解／著者―年
蓮實重彥	―凡庸な芸術家の肖像 上 マクシム・デュ・カン論	
蓮實重彥	―凡庸な芸術家の肖像 下 マクシム・デュ・カン論	工藤庸子―解
蓮實重彥	―物語批判序説	磯﨑憲一郎―解
蓮實重彥	―フーコー・ドゥルーズ・デリダ	郷原佳以―解
花田清輝	―復興期の精神	池内 紀―解／日高昭二―年
埴谷雄高	―死霊 Ⅰ Ⅱ Ⅲ	鶴見俊輔―解／立石 伯―年
埴谷雄高	―埴谷雄高政治論集 埴谷雄高評論選書1 立石伯編	
埴谷雄高	―酒と戦後派 人物随想集	
濱田庄司	―無盡蔵	水尾比呂志―解／水尾比呂志―年
林 京子	―祭りの場|ギヤマン ビードロ	川西政明―解／金井景子―案
林 京子	―長い時間をかけた人間の経験	川西政明―解／金井景子―年
林 京子	―やすらかに今はねむり給え|道	青来有一―解／金井景子―年
林 京子	―谷間|再びルイへ。	黒古一夫―解／金井景子―年
林 芙美子	―晩菊|水仙|白鷺	中沢けい―解／熊坂敦子―案
林原耕三	―漱石山房の人々	山崎光夫―解
原 民喜	―原民喜戦後全小説	関川夏央―解／島田昭男―年
東山魁夷	―泉に聴く	桑原住雄―人／編集部―年
日夏耿之介	―ワイルド全詩（翻訳）	井村君江―解／井村君江―年
日夏耿之介	―唐山感情集	南條竹則―解
日野啓三	―ベトナム報道	著者―年
日野啓三	―天窓のあるガレージ	鈴村和成―解／著者―年
平出 隆	―葉書でドナルド・エヴァンズに	三松幸雄―解／著者―年
平沢計七	―一人と千三百人|二人の中尉 平沢計七先駆作品集	大和田 茂―解／大和田 茂―年
深沢七郎	―笛吹川	町田 康―解／山本幸正―年
福田恆存	―芥川龍之介と太宰治	浜崎洋介―解／齋藤秀昭―年
福永武彦	―死の島 上・下	富岡幸一郎―解／曾根博義―年
藤枝静男	―悲しいだけ|欣求浄土	川西政明―解／保昌正夫―案
藤枝静男	―田紳有楽|空気頭	川西政明―解／勝又 浩―案
藤枝静男	―藤枝静男随筆集	堀江敏幸―解／津久井 隆―年
藤枝静男	―愛国者たち	清水良典―解／津久井 隆―年

藤澤清造	狼の吐息|愛憎一念 藤澤清造 負の小説集 西村賢太編・校訂	西村賢太——解／西村賢太——年
藤澤清造	根津権現前より 藤澤清造随筆集 西村賢太編	六角精児——解／西村賢太——年
藤田嗣治	腕一本|巴里の横顔 藤田嗣治エッセイ選 近藤史人編	近藤史人——解／近藤史人——年
舟橋聖一	芸者小夏	松家仁之——解／久米 勲——年
古井由吉	雪の下の蟹|男たちの円居	平出 隆——解／紅野謙介——案
古井由吉	古井由吉自選短篇集 木犀の日	大杉重男——解／著者——年
古井由吉	槿	松浦寿輝——解／著者——年
古井由吉	山躁賦	堀江敏幸——解／著者——年
古井由吉	聖耳	佐伯一麦——解／著者——年
古井由吉	仮往生伝試文	佐々木 中——解／著者——年
古井由吉	白暗淵	阿部公彦——解／著者——年
古井由吉	蜩の声	蜂飼 耳——解／著者——年
古井由吉	詩への小路 ドゥイノの悲歌	平出 隆——解／著者——年
古井由吉	野川	佐伯一麦——解／著者——年
古井由吉	東京物語考	松浦寿輝——解／著者——年
古井由吉 佐伯一麦	往復書簡『遠くからの声』『言葉の兆し』	富岡幸一郎–解
古井由吉	楽天記	町田 康——解／著者——年
古井由吉	小説家の帰還 古井由吉対談集	鵜飼哲夫——解／著者・編集部–年
北條民雄	北條民雄 小説随筆書簡集	若松英輔——解／計盛達也——年
堀江敏幸	子午線を求めて	野崎 歓——解／著者——年
堀江敏幸	書かれる手	朝吹真理子–解／著者——年
堀口大學	月下の一群（翻訳）	窪田般彌——解／柳沢通博——年
正宗白鳥	何処へ|入江のほとり	千石英世——解／中島河太郎–年
正宗白鳥	白鳥随筆 坪内祐三選	坪内祐三——解／中島河太郎–年
正宗白鳥	白鳥評論 坪内祐三選	坪内祐三——解
町田康	残響 中原中也の詩によせる言葉	日和聡子——解／吉田凞生・著者–年
松浦寿輝	青天有月 エセー	三浦雅士——解／著者——年
松浦寿輝	幽|花腐し	三浦雅士——解／著者——年
松浦寿輝	半島	三浦雅士——解／著者——年
松岡正剛	外は、良寛。	水原紫苑——解／太田香保——年
松下竜一	豆腐屋の四季 ある青春の記録	小嵐九八郎–解／新木安利他–年
松下竜一	ルイズ 父に貰いし名は	鎌田 慧——解／新木安利他–年
松下竜一	底ぬけビンボー暮らし	松田哲夫——解／新木安利他–年

金井美恵子
軽いめまい
解説=ケイト・ザンブレノ　年譜=前田晃一
郊外にある築七年の中古マンションに暮らす専業主婦・夏実の日常を瑞々しく、シニカルに描く。二〇二三年に英訳され、英語圏でも話題となった傑作中編小説。
かM6
978-4-06-538141-0

加藤典洋
新旧論　三つの「新しさ」と「古さ」の共存
解説=瀬尾育生　年譜=著者、編集部
小林秀雄、梶井基次郎、中原中也はどのような「新しさ」と「古さ」を備えて登場したのか？　昭和の文学者三人の魅力を再認識させられる著者最初期の長篇評論。
かP9
978-4-06-537661-4